主な登場人物
サリー
赤子の頃に両親に捨てられ、フェンリルに育てられた少女。フェンリル（ママ）とフェンリル（兄姉）に囲まれて幸せに暮らしていたが、『独り立ちの試練』で南の森に飛ばされる。
ママ（フェンリル）
サリーの育ての親。最強の力を持つ。時に優しく、時に厳しく、子どもたちを育てている。サリーのことは「小さい娘」と呼んでいる。

妖精姫ちゃん
サリーが南の森で薔薇を咲かせたところ、現れた妖精。多くの妖精を率いており、サリーによって「妖精姫ちゃん」と名づけられる。
ライアン
冒険者。「赤鷺の団」の団長でもあり、面倒見が良い性格。
アナ
冒険者。「赤鷺の団」の一員で、冒険者の中では希少な魔術師。

1章　フェンリル生活をしよう！

前世の記憶と言われても、わたしはさほど覚えていない。

ヒステリックに喚《わめ》く母親の影と、怒声《どせい》を上げながら物を壊す父親の影と、現実から逃げるように見続けた魔法少女もののテレビアニメ……。

あとは、スマホで読み続けたＷｅｂ小説や学校の図書館の書籍たち……。

せいぜいそれぐらいだ。自分がなんという名前だったのかも覚えていない。自分がどんな人間だったのかも、ほとんど覚えていない。自分がどうやって死んだのかも、覚えていない。

なんとなく、セーラー服を着た女子中学生だった――そんな程度の記憶しかなかった。

ひょっとしたら、それから高校生になり、大学生になり、社会人になり、大人としてそれなりの知識や経験を積み重ねていたのかもしれない。

だけど、それらの記憶が一切ない。

故《ゆえ》にと言うべきか、知識チートで〝わたしスゲー！〟はできそうになかった。……いや、それ以前に、Ｗｅｂ小説のテンプレ主人公たちとは違い、わたし、最後《バッドエンド》みたいだった。

だって、目の前に巨大な狼が立っているんだもん。深雪《しんせつ》のような真っ白い毛並みに、尖《とが》り気味の鼻や耳、すらっとした胴回りの後ろから長い尻尾《しっぽ》が見える。

因《ちな》みに、目の前といっても目と鼻の先ではない。多分、20メートルは先、かな？

遠近感がおかしくなりそうなぐらい大きい！　もう、あれ、絶対普通の狼じゃない！　異世界転移を誘発《ゆうはつ》することで有名な、大型トラックと同じぐらいのサイズはある。

しかも、夜なのに、なんだか体がうっすらと輝いているのがはっきりと見えるの。これ、もうあれじゃない？　某小説投稿サイトではドラゴンと双璧《そうへき》を成す、あのお方じゃないの？

そんなことを思っていると、後ろからおっさんらの野太《のぶと》い声が聞こえてきた。

「──！　フェンリル──、フェンリル──！」

はい、フェンリル様でしたぁぁ！

やっぱりね！　わたし、知ってたもん。知ってたもんね！

因みに、後ろのおっさんらは松明《たいまつ》を片手に、首がようやく座ったばかりの赤子《わたし》を祭壇《さいだん》に置き、最強の魔獣の前に差し出すクズ野郎どもです。多分、わたしの現世の父親もいます。むしろ、中心人物《それ》が父親です。

前世の記憶は本当にわずかしかない。ただ、前世の両親は娘のわたしに辛辣《しんらつ》だった気がする。どんなことをされたかまでは思い出せないけど、彼らのことを思うと記憶の奥底でドロドロした何かが湧《わ》き出てきて、不快になる。

ただ、現世の母親は、娘のわたしに対してそんな態度をとったことはない。

とはいえ、愛《いと》おしそうにするとか、甘やかすとか、ほのぼのとした作品の母親のようなことをするわけでもない。はっきり言って、興味がないようだった。

ただまあ、使用人らしき人たちに世話を任せるぐらいはしてくれていたので、生まれてすぐに前世の記憶が戻ったわたしとしては、多少はホッとしていた。

身分などのうんぬんかんぬんは赤ん坊だからよく分からないけど、お金に関してはそこそこありそうなので、体裁《ていさい》的な意味でも虐待《ぎゃくたい》とかはされないだろう――されないよね？　ね？　って感じだった。

ただ、現世の父親はわたしのことを疎《うと》んでいて、2人っきりになると、汚れたものを見るように見下ろしてきた。どうやら、主導権は母親の方にあるようで大丈夫そうではあったけど、将来、父娘《おやこ》の争いは避けられないか……などと、予期していたんだけど。

まさか、こんなにすぐに行動を起こすとは、思いも寄らなかった。

クズではあるけど、その決断力には脱帽《だつぼう》する。当然、尊敬はできないけど。

「フェンリル――！　フェンリル――！　――！　――！　ヒャッハッハ！」

……いや、決断力というか、ただのヤバい人かもしれない。ううん、ヤバい人だ！　まだ言葉は分からないけど、絶対、前世ク◯ウルフ系の狂信者みたいなことを言ってるよね！

S○N値がなくなってるよね⁉　現世のお母さん、なんて人と結婚したの⁉

「フェッフェッフェンリル♪　――――、フェンリル♪　――――♪　――――♪」

なんか陽気に歌い出した⁉　え？　嘘？

わたし、赤ちゃんで、しかも籠《かご》に入れられているから視線を向けられないんだけど……。踊《おど》ってない⁉

現世の父、娘を魔獣に食べさせようとしている時に、陽気に歌って踊ってない⁉

ヤバすぎるんだけど⁉

なんて、父親の壊れっぷりに驚愕《きょうがく》していると、ひぃ！　フェ、フェンリルがゆっくりと近寄ってきた。巨体なのに驚くほど重さを感じさせない、静かな歩行だ。

こ、怖い……。恐怖のために肌《はだ》が粟立《あわだ》つのを感じる。

そういえば、赤ん坊って視力が悪いってWeb小説に書いてあった気がするんだけど、なんでこんなにはっきり見えるんだろう？

前世の記憶があるからかな？　それとも、これが転生特典？

こんなに恐ろしいのなら、いっそのこと、見えない方がいいわぁ！

などと籠の中であたふたしていると、すぐそばまでやってきたフェンリルがわたしを覗《のぞ》いてきた。鋭く尖った目――だけど……。わたしを覗くそれは、どことなく、理知的にも見えた。

「フェンリル！　フェンリル！　――――！　――――おおぉ！」

フェンリルはわたしから視線を上げて、右前足を振った。鈍《にぶ》い音、そして、液体が辺りに落ちる音が聞こえる。

しばらくの沈黙――そして、クズ野郎たちの悲鳴と足音が遠ざかっていった。

フェンリル、理知的でも魔獣は魔獣、うん、うるさかったら殴《なぐ》るわよね、うん。

そんなことを現実逃避気味に考えていると、フェンリルが舌《した》を器用に使い籠の持ち手を上げると、パクリと咥《くわ》えた。

「うひぃ！」

まだ上手《うま》く言葉が話せない口から、変な声が出た。

だって、目の前にフェンリルの巨大な歯が、歯茎《はぐき》までくっきり見えるのだ、仕方がない。

うん、オムツが濡《ぬ》れるのも仕方がない。

だが、フェンリルはそんなことお構いなしに、どこかにわたしを運んでいった。

結論から言うと、わたしはパクリとされることはなかった。

わたしが連れていかれたのは洞窟《どうくつ》――フェンリルの巣らしく、暗闇《くらやみ》の中、うっすらと輝く赤ん坊らしきフェンリル（大型犬サイズ）が３頭、待っていた。フェンリルはどうやら、わたしをその3頭と共に育てるつもりらしい。薄く光るその体を横たえ、「がぅ！」と軽く吠《ほ》えつつ、わたしを腹部にある乳房《ちぶさ》に押し当てた。

飲め、ということらしいけど……デカい！　体長比が体長比だから、乳首《ちくび》が本当にデカい！わたしの顔ぐらいはある。当然、それより小さいわたしの口では咥えることはできない。

わたしがオロオロしているのに気づいたのか、フェンリルは「がぅ」と一吠《ひとほ》えすると、前足で乳房を押して乳《ちち》を出してくれた。

そして、その足でわたしの背中を支えるようにすると、そっと乳房に近づけた。プチュっと出てきた乳白色《にゅうはくしょく》の液体に、恐る恐る口をつけてみた。

甘い！

濃厚でほんのり温《あたた》かな乳は、思わず体をビクっと震《ふる》わせてしまうほど美味《おい》しかった。

ああ、口いっぱいに広がる甘い甘い乳を喉《のど》に流し込むたびに、その甘みのためか疲労や空腹がスーッと抜けていく。

わたしがしばらく飲み取っていると、乳房の上に浮き出ていたそれはなくなってしまった。

すると、またフェンリルが前足を器用に動かし、乳を出してくれた。

優しい！

わたしは一生懸命飲んだ。

しばらくすると、なんだか急に眠くなってしまった。

ああ、食事してすぐに寝ると、太っちゃうのに……。

おっぱいなら、関係ないかな？

なんて、うとうとしながら考えていると、体が急に浮かび上がった。

？？？

フェンリルの前足で、というわけではない。なんか、白いモクモクしたものが優しく巻きつき、わたしを持ち上げていた。

何これ？　白い、霧《きり》？

でも、眠気《ねむけ》が限界に近いので「まあ、いいか」って感じで目をゆっくりと閉じた。

閉じきる前に見たのは、フェンリルのもふもふした毛——どうやら、わたしはそこに沈《しず》められるらしかった。


生きるのって大変だ。特に別種の生き物に育てられるのは……。

フェンリルの巣に連れてこられた翌日、それを思い知らされることとなった。

もふもふ毛皮の中で目を覚ましたわたしは、フェンリルの例の白い霧みたいなのに持ち上げられて、乳房まで運ばれた。そこでは既に、子フェンリルたちがお食事をしていて、わたしは隣に置かれた。そして昨日と同じく、フェンリルが押し出してくれた乳をゴクゴクと飲んだ。

そこまでは良かった！

わたしがお乳でお腹《なか》いっぱいになり、フェンリルの胸の毛の中で「ゲポッ」とげっぷをしていると、フェンリルがわたしを——正確には着ている服を、前足の爪《つめ》で突っつき始めた。

なんだろうと、わたしは視線を服に向けた。本来清潔にしていないといけない赤ん坊の服、それが泥《どろ》や埃《ほこり》や失禁したあれこれで汚くなっていた。

（ああ、着替えがないな……）

なんて思っていると、突然、フェンリルの前足の爪がピピッと動いた。すると、わたしの服があっという間にバラバラになった。冷たい空気が体を撫《な》で、「ひゃ⁉」と声を漏《も》らすわたしを、フェンリルはなんと、その巨大な舌で舐《な》め回し始めた。

ちょ！　やめ！　くすぐ、くすぐったぁぁい！

……笑い死にそうになったわたしは、終わったあとも荒い息のまま呆然《ぼうぜん》としてしまった。

体は涎《よだれ》でべとべと、最悪な気分だ。ただ、次第にそれどころではなくなってきた。

素《す》っ裸《ぱだか》で、しかも濡れた体がヒンヤリした空気に晒《さら》されガクガク震え出したのである。

（ヤバイ、死ぬ！）

フェンリルが異変に気づき、体から例のモクモクした白い霧を出して、わたしの体を持ち上げると、胸の一番深い場所に置いてくれた。

温かいは温かい。だけど、この洞窟、多分山の上の方にあるのだと思う。空気が薄いし冷たい。こんな状態で素っ裸とか、赤ん坊じゃなくても死ぬわ。

ああ、もうやだ……。

前世は多分、不幸せな人生を送っていたと思う。ただ、少なくとも中学生にはなっていたはず。いまいち、思い出せないけど……。

だけど、今世《こんせ》は赤ん坊のまま死んでしまうのか。

そんな風に絶望していると、突然、また体を持ち上げられた。

寒いっ！　と思ったあと、新たなるもふもふの元に送り込まれた。そこには、子フェンリルたちが固まっていた。彼らはどうやら、わたしを温めようとしているらしく、小さい体（フェンリル基準）で取り囲んでくれる。

温かい。

子供だからか分からないけど、親のフェンリルより温かいかもしれない。

わたしが新たなるもふもふにホッコリしていると、フェンリルが「がぉ、がぉ、がぉ」と何やら吠え始めた。そして、洞窟の外へと駆けていった。

（なんだろう？）

わたしは首を捻《ひね》りつつ、子フェンリルに顔を舐められつつ、それを見送った。
1、2時間ぐらい経っただろうか？　子フェンリルたちに囲まれて、うつらうつらしていると、フェンリルが帰ってきた。何やら、口に大きな袋を咥えている。わたしの前に置くと、フェンリルの体から例の白いモクモクが溢《あふ》れ出て、それで袋を開けた。
中にはわたしがすっぽり入るぐらいのタライと衣類っぽいものが、ごちゃごちゃ入っていた。

フェンリルはタライを取り出すと、地面に置く。その上で白いモクモクを変形させていく。

え？　壺《つぼ》の形？

白いモクモクで出来た壺の口から、何やら湯気《ゆげ》が出始めた。

え？　なに？

驚いているわたしを尻目に、壺がゆっくりと傾いていく。壺の縁《ふち》からお湯らしき液体がこぼれ出て、タライをゆっくり満たしていった。フェンリルが前足を入れ、何度か水で温度を調整したあと、わたしを白いモクモクで持ち上げると、そっと下ろした。

温かぁぁぁい！　うわぁ～幸せ。

フェンリルはわたしの体に、粉っぽく変な臭《にお》いがするものを白いモクモクで塗《ぬ》りたくり始めた。少し泡立《あわだ》ってるから石鹸《せっけん》？　べちゃべちゃ、ドロドロの体が綺麗《きれい》になる。

次に、タオルっぽいものでわたしの体を拭《ふ》くと、白いモクモクを器用に扱い、中世の赤ん坊が着るような服を着せ始めた。

温かい。恥ずかしくない。

さらに、ブランケット――といっても前世のものより肌触《はだざわ》りはよくないものだが、それを取り出し、わたしに掛けてくれた。

温かい！　寒さから守られて幸せ！

さらに、ブランケットごとわたしを持ち上げて、おっぱいの元まで運んでくれた。

乳、美味しい！

いっぱい飲んだあと、フェンリルは自分の一番温かな場所である胸の毛の元に、わたしを運んでくれた。その周りに子フェンリルが寄り添ってくる。

わたし、涙が出てきた。

温かい。嬉《うれ》しい。

フェンリルの――ママの胸でいっぱい泣いた。〝前世〟でも〝今世〟でも、多分与えられなかったもの。本当の家族に与えられなかったもの。

それを体いっぱいに感じられたから……。だから、ポロポロと涙を流した。ママやお兄さん？お姉さん？　に顔をペロペロ舐められ、皆の温《ぬく》もりを感じながら、泣き続けた。

しばらく、フェンリル《ママ》のおっぱいを飲んで過ごしていた。正直、人間――しかも、ただの赤ん坊――のわたしが生き残れるのか、甚《はなは》だ疑問だったけど、なんというか、フェンリル《ママ》の努力のお陰で、一応、元気にやっていた。フェンリル《ママ》も優しいし、兄姉たちも時々乱暴ながらも優しくしてくれた。

因みに、兄姉は兄2人に姉1人だ。生まれた順番はよく分からないけど、体が大きい順に長男長女次男次女となんとなく決まった。お兄ちゃんたちは既に現世のライオンぐらいの大きさになっていたので、当然わたしは末っ子だ。

ふ〜おっぱい美味しい。沢山《たくさん》飲んで満足していると、ママがむくりと立ち上がった。そして「がぅ！」と吠えると、洞窟の外に出ていってしまった。

いつもみたいに、ママのお腹の上で一眠りしたかったのに……。

仕方がないので、辺りを見渡した。この洞窟は昼でも日の光が全く入らない場所で、照明はママたちの闇の中だと光る体頼りだったんだけど、恐らく見えづらそうにしているわたしのためにに、ママが天井《てんじょう》に光る球《たま》？　をつけてくれた。なので、中の様子がしっかり見える。

あ、大きいお姉ちゃんがいた。毛繕《けづくろ》いをしているお姉ちゃんのところにトコトコと歩いていく。今世の体が優秀なのか、前世の記憶があるからか――生まれて半年ぐらいで、わたしは普通に歩くことができた。

もっとも、他の兄姉たちは既に駆けたりしているので、全然、ドヤっ、てできない。

わたしに気づくと、お姉ちゃんは切れ長の目を優しくさせながら、迎え入れてくれた。

お姉ちゃん、優しい！

わたしはその柔らかくて温かい背中によっこいしょと乗ると、ギュッと抱きしめた。

幸せぇ～もう一眠りできそう～

そんな風にうとうとしていると、洞窟の入り口から何かが入ってくる気配がした。顔を上げると、ママが帰ってきたところだった。

その口に、何やら巨大な鹿《しか》みたいなのを持っていた。首部分を咥えているから鹿の巨大な体がブランブランしている。

え？　何？

ポカンとしているわたしを尻目に、ママは鹿を下ろすと「がぅ！」と吠えて皆を集合させた。

わたしを乗せたお姉ちゃんが立ち上がると、多分わたしを落とさないよう慎重に歩いていく。

お兄ちゃんたちが洞窟の奥から駆けてきた。ママが鹿の腹に噛みつき、引き裂いた！　内臓がドロリとこぼれ出てきて、わたしは思わず顔をしかめた。

グロい！　グロいよ！

生臭《なまぐさ》い悪臭《あくしゅう》とその光景に、わたしは思わずお姉ちゃんの背中に顔を埋《うず》めた。

吐きそう！　本当に吐きそう！

必死になって堪《こら》えていると、背中をポンポンと叩《たた》かれた。見上げると、ママが優しげに見下ろして、白いモクモクでわたしを地面に下ろし、「がぅ！」と吠えた。

なんとなく、「遠慮なく、お食べなさい」と言っているように見える。周りのお兄ちゃんたちにも同様に吠える。すると、集まっていた皆が、鹿をガツガツと食べ始めた。

え、えぇ〜これを食べるの……。

だけど、考えてみたら当たり前のことだった。いつまでもおっぱいを飲んでいられるわけがない。いずれは他のものを食べなくてはならないのだ。

そして、フェンリルという獣系《けものけい》種族に育てられているのだから、必然的に、生肉《なまにく》を食べることになる。それは、至極《しごく》当然のことでもあった。

とはいえ、生肉をそのまんまっていうのは、流石《さすが》に遠慮したいのが本音だ。……木の実とか果物《くだもの》とか採《と》ってきてくれないかな？　なんてモタモタしていると、何を思ったのか、ママが獲《え》物《もの》に噛みつき肉を引きちぎった。そして、クチャクチャと咀嚼《そしゃく》し始める。

ん？　お腹が減ったのかな？

そんな風に見上げていると、ママは突然、口の中のものをわたしの目の前に吐き出した。生臭い臭いが顔いっぱいに襲いかかってくる。肉と唾液《だえき》が混じったそれを見て――わたしはたまらず「オエェ～！」と嘔吐《おうと》してしまった。

もう、涙をボロボロこぼしながら、胃の奥の奥まで空っぽにする勢いで吐いた。

「がぅ!?　がぅ!?」

頭の中はなんだか冷めていて、慌《あわ》てふためくママに申し訳ないなぁ～なんて思いながら吐いた。すると、ママは慌てて「がぅがぅ！」と言いながら、外に出ていってしまった。

虚ろな目でそれを見送っていると、お兄ちゃんたちが心配そうな鳴き声を上げながら、そばに近寄ってきてくれる。

その口の周りは真っ赤に染まっていた。しかも、その口から現れた舌で、顔を舐められた。

途端《とたん》、視界が真っ白になった。


冷たいものが、おでこに押しつけられた。

目をゆっくり開けると、わたしを覗き込む人間の？　女の人の顔が見えた。

え？　誰？

しかもわたし、その人に抱っこされているようだった。

「――」

銀髪《ぎんぱつ》のその人が何か言ったみたいだけど、何を言っているか分からない。人間の言葉――なのかな？

ぼーっとする頭のまま、そんなことを考えていると、隣から「がぅ」という声が聞こえてきた。ママだった。ママが心配そうにこちらを覗き込んでいた。

わけもなく、涙がこぼれてきた。ママぁ〜ママぁ〜

わたしは銀髪の人の手から抜け出ると、フラフラしながら歩き、ギュッと抱きついた。ママも頬《ほお》ずりをしてくれる。しばらくすると、ママは体から白いモクモクを出した。

何するんだろう？

ママのモフモフする首元にくっつきながらそれを見ていると、白いモクモクの先が桶《おけ》のような形になった。そして、桶の底から水が溢れてきて、8分目《ぶんめ》まで溜《た》まった。しばらくすると、グツグツ沸騰《ふっとう》し始める。そこに、新たに生み出された白いモクモクが、ママの近くにある袋から取り出した野菜やら調味料（？）などを入れていった。

あ、これ、桶じゃなく鍋《なべ》だ！　凄い！

白いモクモクって、こんなこともできるんだ！

感動していると、銀髪の女の人が木製らしき器《うつわ》と匙《さじ》を袋から取り出した。そして、白いモクモクの鍋で出来たスープを、匙で器によそい始める。

それを、ママが白いモクモクで受け取ると、器から匙でスープをすくい、わたしの口元に近づける。銀髪の女の人がそれを止めて、熱を冷ますように匙に息を吹きかけてくれる。

あ、銀髪の人、耳が尖っている。ひょっとして、エルフさんかな？

そんなことを思っていると、匙がわたしの口元に運ばれてきた。

恐る恐る、それに口をつける。美味しい！

それに、体が温まる！

思わず顔がほころんでいたのだろう、見ていたママとエルフのお姉さんの表情も安堵《あんど》したように柔らかくなった。

◆◇◆◇◆

ママやお兄ちゃんたちと暮らすようになって、5年ほど経った。

冬が5回来て、去っていったから、多分、合っているはず。

初めの頃は「がぅ！」としか聞こえなかったけど、どうやらフェンリル語（?）を話していたようで、最近ようやく聞き取れるようになってきた。今も、胸にへばりついているわたしにママが「がぅがう！」と言っているが、それは『わたしの小さい娘！』と呼びかけているのだ。

『なぁ～に？　ママぁ～』

ぬくぬくモフモフの胸から少し顔を上げると、ママが優しげな目でこちらを見ている。因みに〝小さい娘〟はわたしで、〝大きい娘〟はお姉ちゃんのことを指す。

『あなたは狩りに行かなくていいの？　もうそろそろ、自分で獲物ぐらい獲《と》ってこられるでしょう？』

『え～無理だよぉ～』

わたしはママの毛の中に顔を突っ込んで、グリグリとする。春の柔らかな日差しとママの温かな毛に包まれて……幸せぇ～

それにしても、冬が5回来たということは、多分だけどわたしの年齢は5歳である。

5歳児を捕《つか》まえて、巨大なクマやら鳥やら蛇《へび》やら……。あげくの果てに、リアルドラゴンやらがいる狩り場に向かわせないで欲しい。

そりゃあ、お兄ちゃんたちも推定5歳児だけど、既にマイクロバスぐらいの大きさで、大きいお兄ちゃんなんて、ワイバーン《偽竜君》さえも狩ってきてるけどさ。

時々、上のお兄ちゃんなんかが、じゃれ合おうとしてくるんだけど、お兄ちゃん、滅茶苦茶《めちゃくちゃ》手加減してくれているにもかかわらず、毎回本当に命がけになっちゃうぐらいなんだから。

ママの娘だけど、ただの人間の幼女に、そりゃ無茶というものだと思うなぁ。

『大丈夫、あなたならやれるわ』なんてママは言うけれど、いくらなんでも、期待が過剰《かじょう》すぎる。狩るどころか、攻撃しても弱すぎて気づかれない可能性すらある。

それに、ママにくっついているのはこんなに幸せなのだ。それを手放してまで狩りがしたいとは思えない。お兄ちゃんたちは嬉々《きき》として駆け出していったけどね。

そんなことを、うつらうつらしながら考えていると、後ろから「お～い」という女の人の声が聞こえてきた。

振り返ると、エルフのお姉さんがニコニコしながら歩いてきた。銀髪の長い髪が腰まで流れ、切れ長でちょっと垂れ気味な目が柔らかに緩《ゆる》まっている。

このエルフのお姉さんには何かとお世話になっている。ママにとって理解不能な人間のわたし《娘》を育てる上で、よく相談しているのがこの人だ。

服とか石鹸などの、人間として必要なものも用意してくれた。今、わたしが着ている膝丈《ひざたけ》ワンピース（スカートの中にズボンあり）も、エルフのお姉さんが準備してくれた。

わたしはママから離れると、少し駆けたあとに、笑顔でエルフのお姉さんに抱きつく。

柔らかで温かなエルフのお姉さんから、いつものように、草や木の心地《ここち》よい香りがした。

「こんにちは！　元気だった？」

「ええ、元気よ！　小さい娘も元気だった？」

「うん！」

因みに今話しているのは人の言葉だ。

エルフのお姉さんはフェンリル語も話せるけど、今後のためにと、この地域の人が共通で使用している言葉を教えてくれている。前世では外国語の授業が苦手だったわたしだけど、今世の頭がいいのか、それとも前の世界でそれなりに頑張った勉強のたまものなのか、5歳児にして、フェンリル語と人間語のバイリンガルと自慢できるぐらいには話せるようになっていた。

思えば、歩くのも走るのも普通の人間より早くできる気がするから、ひょっとして、わたしの血は優秀なのかもしれない。

恐らくは、イカレた父親ではなく、わたしに無関心だった母親の方だろう。

かなりお金持ちっぽかったし。

……今思うと、あの父親はわたしのことが怖かったのかもしれない。

わたしは自分のおかっぱな感じに切りそろえられた前髪を摘《つ》まむ。その色は真っ白だ。

優秀な血統で、人とは違う白い髪の毛——普通の親ならともかく、あの父親なら恐怖で排除しようとするかもしれない。母親の髪は、よく見えなかったけど金髪だった気がするから、なおも異質に見えた——そうも考えられるなぁ。

なんてことを思っていると、後ろからわたしを抱えるように大きな前足が伸びてきた。

見上げると、大きいお兄ちゃんがエルフのお姉さんを見ている。ママよりもさらに尖った目が、凄く不機嫌そうだ。大きいお兄ちゃんは、エルフのお姉さんがわたしを連れていってしまうんじゃないかって、いつも警戒《けいかい》している。

その辺りを分かっているので、エルフのお姉さんはいつも困ったように眉《まゆ》を寄せている。遊びに出かけるのならともかく、わたしはママたちから離れて暮らす気はないので、杞憂《きゆう》なんだけどね。

わたしは、お兄ちゃんのモフモフした足に抱きつきながら訊《たず》ねる。

『お兄ちゃん、何か狩れた？』

『……ああ、狩ってきたぞ！』

エルフのお姉さんから視線を外すと、大きいお兄ちゃんはわたしに微笑《ほほえ》みかける。そして、体を少しずらした。

『わぁ～鶏蛇《にわとりへび》君だ！　5羽もいる！』

鶏蛇君は鶏の大きくて黄色い羽毛《うもう》と、蛇の尻尾を持った雄《おす》の魔鳥《まちょう》だ。エルフのお姉さんはコカトリスと呼んでいる。

このコカトリス《鶏蛇君》は、焼くと皮がパリッとして、お肉は旨味《うまみ》の溢れた肉汁《にくじゅう》がいっぱいで、最高に美味しいのだ！　初めはわたしのみがママが焼いてくれたものを食べていたんだけど、興味深げに見ていたお兄ちゃんが欲しいと言い始め、今では皆、焼き鳥蛇君が好物《こうぶつ》になっていた。

実はコカトリスは、鶏の部分より蛇の部分がピリっとして美味しいんだけど、エルフのお姉さんから「毒だから！」と厳しく禁止されている。

食べて平気だったから、仮に毒でも弱いと思うんだけどなぁ。まあ、エルフのお姉さん、怒ると怖いから大人しく言うことを聞くけどね。

わたしとお兄ちゃんが話していると、ママがエルフのお姉さんに話しかけた。

『で？　あなたは何をしに来たの？』

「ちょっと、育てて欲しいものがあって」

育てて欲しい？　少し気になって、ママとエルフのお姉さんを注視する。エルフのお姉さんは拳《こぶし》大の袋を開くと、中のものを取り出した。薄茶色い種《たね》だった。

エルフのお姉さんはそれを、無造作《むぞうさ》に落とした。土の地面とはいえ、洞窟のすぐ前、わたしたちに踏み固められた場所だ。そんなところに蒔《ま》いても育たないと思うんだけど……。いや、それ以前にフェンリル《ママ》に農業って、最強たるママには不釣り合いな気がするんだけど……。

などと思っていると、ママは『仕方がないわね』と言いつつ、白いモクモクを発現させると、その先を種の上に被《かぶ》せた。

『え⁉　嘘⁉』

白いモクモクに被さった種が発芽《はつが》して、みるみる育っていってる！　そればかりか、緑色の丸い実までつけ始めた！

これ、メロンだよね!?　え!?　どういうこと!?

驚愕するわたしの前で、エルフのお姉さんが実の1つを蔓《つる》から切り取り、「時々、これが食べたくなるのよね」などと嬉しそうにする。

わたしは興奮が抑えられないまま、ママに訊ねる。

『ママ！　今の何!?　どうやったの!?』

そんなわたしに、ママは優しく目を細める。

『傷を癒《い》やす魔法は以前、教えたでしょう？　応用すれば、植物を成長させることもできるの』

『すごぉ～い！　ママ、すごぉ～い！』

わたしの賞賛《しょうさん》に、ママは少し嬉しそうに口元を緩める。

『フフフ、そう？　でも、小さい娘も近い将来、できるようになるわよ』

『え!?　本当に!?』

『ええ、あなたはどうやら、わたしに近い魔力の色を持っているようだから』

ママが言うには、魔力は人（フェンリル）によって色が違うらしく、白なら癒やし、赤なら炎と得意不得意が変わってくるらしい。そして、わたしはママと同じ白色とのことだった。血の繋《つな》がってないママと同じと言われて、なんだか凄く嬉しくなって、ママの方に駆けるとぎゅっと抱きついた。

ママ、凄く温かい！

すると、エルフのお姉さんが声をかけてきた。

「小さい娘、ほら食べてみる？」

振り向くと、エルフのお姉さんがメロンをナイフで半分にしていた。そして、わたしの方に差し出してくれる。果汁《かじゅう》が緑色の皮からお姉さんの手を伝い、地面にポトリポトリと落ちる。

ああ、もったいない！

わたしは「ありがとう！」と言いつつ、それを受け取る。

そして、メロンの中心部分の黄色みがかった果実にかぶりついた。

『うまぁ！　うま甘《あま》ぁぁぁ！』

思わず、ワォ～ンと声を上げてしまった！　口の中で濃厚な甘みが溢れて、体がぶるりと震えた。幸せぇ～ともう一口食べようとすると、そこに大きい顔が割り込んできた。

驚いている間に顔は離れていったんだけど、手の中にあったメロンが消え失せていた！

は、はぁ!?

視線を顔の持ち主であろう者に向けると、お姉ちゃんがうっとりとした顔でフェンリルの巨大な口をモグモグやっていた。

『ちょぉぉぉ！』

わたしは慌ててそれに飛びつく。そして、顔に張りつくと、その大きな口をなんとかこじ開けようとした。

『ちょっとぉぉぉ！　わたしのメロン、返してよぉぉぉ！』

だけど、甘いものが大好きなお姉ちゃんは、開けてたまるかとでもいうように、口を噛みしめながら首を振ってわたしを振り放そうとする。

『開けてぉぉぉ！　返してぇぇぇ！』

『ゴグ（やだ）！　グッググググ（絶対やだ）！』

『返せぇぇぇ！』

などと叫《さけ》びながら、微《かす》かにだがお姉ちゃんの口をこじ開けられてきたところで、突然、腰に何かが巻かれたと同時に後ろに引っ張られた。

『あぁぁぁ！』

宙に持ち上げられたのと、お姉ちゃんがゴックンとメロンを飲み込んだのは同時だった。

『うわぁぁぁ！　お姉ちゃんが、わたしのメロン食べたぁぁぁ！』

もう悔《くや》しくて悔しくて、涙をボロボロこぼしていると、ママの呆《あき》れた声が聞こえてきた。

『小さい娘、まだまだ沢山あるし、なんだったら育ててあげるから、そんなことで喚くのは止めなさい』

『だってぇ……』

『だってじゃないわよ』

後ろを向くと、ママが呆れたように目を細めて苦笑していた。そんな表情を見ると、流石にちょっと恥ずかしかったかと項垂《うなだ》れてしまう。視線が下がり、腰から白いモクモクがするりと外れていくのが見えた。わたしをお姉ちゃんから引き離したのは、ママだったのか。

そこに、大きいお兄ちゃんが声をかけてきた。

『小さい妹、そんなに食べたいなら、俺の分もやろう！』

『え⁉　本当⁉』

顔を上げると、大きいお兄ちゃんがニッコリ微笑みながら頷《うなず》いてみせた。

『甘いものはさほど好きではないから、構わないぞ』

『わぁぁぁい！』

わたしは、大きいお兄ちゃんの胸に飛び込んだ。お兄ちゃんもモフモフ温かくて好き！

お姉ちゃんが『わたしも妹なのにくれないの？』などと言っているけど、『お前は小さい妹のを取っただろう』と当然のように却下してくれた。

すると、後ろから引っ張られる。

？

振り向くと小さいお兄ちゃんが、大きな口で器用にわたしの服を引っ張っていた。

小さいお兄ちゃんは、大きいお兄ちゃんよりいくらか小さいとはいえ、わたしよりは十二分に大きい。そんな小さいお兄ちゃんが、ママたちに比べると丸みのある、ちょっと犬っぽい目で寂《さび》しげにこちらを見てきた。

『小さい妹、兄さんだけでなく、僕にも甘えてよ』

えぇ～　しょうがないなぁ～

わたしは一旦《いったん》地面に下りると、小さいお兄ちゃんにも飛びついた。

小さいお兄ちゃんも、モフモフして好き！

◆◇◆◇◆

さらに、5回季節が回った。

夕焼けを背にわたしが洞窟に帰ると、その前でママが横になっていた。

『ママ、ただいまぁ～』

『あら、小さい娘、お帰り。今日は獲物が獲れたのね』

『うん』

後ろを振り向くと、白いモクモクで全長10メートルほどのそれを持ち上げた。くすんだ緑色の体に、鰐《わに》のような顔、コウモリのような羽、鷲《わし》のような鋭い爪の二本足。蛇のような尾の先には刃のようなものがついている。一見すると凶悪《きょうあく》なドラゴンに見えるけど、なんてことはない。ただの、ワイバーン《偽竜君》だ。

空を飛ぶのと、尾の先から吹き出る毒に注意すれば、倒すのはさほど難しくない。よって、ママの顔は渋《しぶ》いものになる。

『小さい娘、弱い獲物ばかり狙《ねら》っていても強くなれないわよ。古竜とまではいかないにしても、せめて若い地竜《じりゅう》ぐらいは狩ってきなさい』

『えぇ〜無茶を言わないでよぉ〜』

地竜は比較的弱いとはいえ、ようやく10歳になったばかりの女の子に竜種を狩ってこいとか無理難題《むりなんだい》もいいところだ。

確かに、5歳から行われたママの地獄の特訓により、わたしは強くなった。白いモクモクだって使いこなせるようになった。それこそ、ワイバーン《偽竜君》やコカトリス《鶏蛇君》程度ならさほど苦戦せずに倒すことができる。

だけど、竜種は駄目だ。上のお兄ちゃんがしょっちゅう狩ってきて、時々、わたしが料理したりするけど、死んでいるそれを捌《さば》くだけでも苦戦するほど皮が硬い。そんなのを倒すなんて、とてもじゃないけど無理だ。

『わたし、体が小さいし戦うのに向いてないよ』

わたしが口を尖らすと、『そんなことないわよ。あなたはやればできる子だわ』とママは気楽な口調で言う。

いや、ママはかなり親馬鹿というか、わたしを過大評価しすぎだと思う。例えば前世が格闘《かくとう》家《か》とか剣士だったなら、話は違うかもしれないけど。

うっすらとしか残ってないけど、多分、運動すらろくにしなかった、幸《さち》が薄いことだけは人一倍の、貧弱《ひんじゃく》な少女だったと思う。格闘技とかの動画や番組も全く見ていない。

にもかかわらず、現世で戦い方を教えてくれるママは四足動物のそれしか分からない。戦いに関しては完璧にゼロな状態なのだ。

『あなたは変わっているけど、なかなか良い戦い方をしているわ。わたし、いつも感心しているのよ』

なんて、ママは褒《ほ》めてくれるけど、正直、微妙な気分になる。実はわたしの戦いの根源にあるのは、前世で見た魔法少女もののアニメなのだ。

うっすら残る記憶だけど、前世の両親はいつも喧嘩《けんか》をしていた。そんな両親や現実から逃れたくて、わたしは……名前は忘れてしまったけど〝なんとか魔法少女〟というアニメを見ていた。

音が両親に聞こえると「煩《わずら》わしい」と叩かれたので、聞こえるかどうかってぐらいに音量を小さくして、顔を画面近くまで寄せて見ていた。内容なんていまいち思い出せない。

だけど、その時のわたしは、酷《ひど》く羨《うらや》ましかったのだと思う。

戦う力がある彼女たちを、戦う勇気がある彼女たちを。

多分、その辺りの思いが強いからだろう、転生した今も、魂《たましい》に焼きついているようで、彼女たちの戦う姿を思い出すことができる。

〈皆の思いが魔力になり、わたしに戦う力を与えてくれる！　受けてみなさい！　〝なんとか……キィイイック！〉

……今思うと、「魔法は⁉」って突っ込みたくなるアニメだったけど、何かと殴る蹴るで解決する乱暴な少女たちだったけど、彼女たちのやたらと派手《はで》な動きが、今のわたしの戦闘スタイルになっている。

思い出したくもないママの地獄の特訓と、今世の優秀な体によって、ジャンプすれば20メートルぐらい飛び上がり、キックすれば直径3メートルの幹《みき》をへし折る身体能力が身についた。

そんなわたしに、派手な動きは意外とフィットしているのだ。

もっとも、本物の格闘技をやっている人から見たら苦笑ものだし、ママたち強者たるフェンリルから見たら奇っ怪な動きをしているだけだと思う。でも、正直戦い方なんてそれしか思いつかないから、仕方がなく魔法少女ものの動きを取り入れているのだ。

わたしはワイバーン《偽竜君》を洞窟入り口の脇に置くと、中に入っていく。

そして、洞窟の奥にある壺を持ち上げた。

10歳のわたしが抱えられるぐらいの壺に入っているのは、石鹸だ。元々、この世界にも石鹸はあり、エルフのお姉さんに貰《もら》っていたのを使っていたのだけど、動物性の油が入っているらしく、やたらと臭かった。

なので、エルフのお姉さんに頼み込んで手に入れた海藻灰《かいそうばい》と、ママに育ててもらったオリーブ、それで作り出した自信作である。どうにも上手くいかず大苦戦したけど、なんとかかんとか作り上げた。近いうちにリンスも作る予定である。Ｗｅｂ小説の知識、様様《さまさま》である！

そんなことを考えていると、後ろから近づいてくる気配を感じた。わたしの肩越しにフェンリル顔がにゅっと出てくる。お姉ちゃんだった。

『小さい妹、お風呂《ふろ》に入るの？』

『うん。お姉ちゃんも入る？』

『入るわ』

と言いながら頬ずりをしてくる。

最初にわたしがお風呂に入りたいと言い始めた時は、不思議そうな顔をしていたママたち家族だったけど、最近では大きいお兄ちゃん以外は結構気に入っている。

野生動物やら犬やら猫やらはお風呂が嫌いというイメージを持っていたので、少し驚いたけど、そういえば湯治《とうじ》のために温泉に浸《つ》かる動物もいるって聞いたし、そんなもんかと思っている。それに、そもそも誇《ほこ》り高きフェンリルだ。そこいらの動物と一緒にしたら失礼か。

お姉ちゃんと一緒に洞窟から出ると、入り口から少し離れた場所に移動する。

そして左手を前に出すと、白いモクモクを発現させた。それを大きな湯船《ゆぶね》型にする。

ママが白いモクモクを鍋代わりにしていたのを見て思いついた荒技だ。イメージすると、白いモクモクからジワジワと水が染み出てくる。それを熱すれば、お風呂の完成である。

トラック級サイズのお姉ちゃんも入るので、お風呂というより前世にテレビで見た大富豪《だいふごう》の家のプールぐらいの大きさだ。すると、後ろからママが声をかけてくる。

『小さい娘、わたしも入るから、こちらでやるわ』

白いモクモクが背後から雪崩《なだれ》のように滑り出てきて、わたしの白いモクモクの水を受け取る形で大きくなる。早い！　あっという間にお風呂（教室ほどの広さ）ができた。

しかも、一瞬のうちにお湯が張られている。

凄い！

しかも、わたしや他のお兄ちゃん、お姉ちゃんの場合、手や前足から強くイメージしないと出せないモコモコを、なんの動作もなしで発現させることができる。

しかも、複数のことを同時に行えるのだ。やっぱり、ママは凄い！

わたしが服を脱いでいる間に、ママたちは自分たちでモコモコを出し、かけ湯をして体の汚れを取っている。この辺はわたしが言い出したことで、ママたちは律儀《りちぎ》に守ってくれている。

ちょっと嬉しい。

服を脱ぎきると、わたしもかけ湯を――『ひゃ！』、突然、頭の上からお湯が降ってきた。

わたしが睨《にら》むと、お風呂の中で前足をこちらに向けているお姉ちゃんがニヤニヤ笑っていた。

その先からは赤色のモコモコが伸びている。

『やったなぁ～』

わたしは両手から白いモクモクを伸ばし、バシっと構える。

お姉ちゃんも、わたしの真似《まね》をして両前足を構える。その顔は何やら得意げだ。

ママが嘆息《たんそく》する。

『もう、じゃれ合うのはあとにしなさい』

ママの体から白いモクモクが伸びると、わたしの体をひょいと持ち上げる。そして、お風呂の中に投げ込んだ。

『がはぁ！　ママ！　もうちょっと、優しく！』

雑《ざつ》すぎて、鼻にお湯が入った。非難の声を上げても、全く聞く耳を持たないママは、右前足からゆっくりと湯船に入り、体を湯に沈めた。

その片手間《かたてま》に白いモクモクをわたしが脱いだ服に伸ばすと、洗濯をし始める。わたしがあれこれ言ったので、ドラム式洗濯機のような洗い方になっている。あれ、水魔法やらなんやらを同時にしないといけないから、相当難しいはずなのに、ママは平然とやっている。

少なくとも、今のわたしには無理だ。便利すぎる魔法なので、いつかは体得したいんだけど。

まあ、今はいいか。

わたしも肩まで湯に浸かる。

『ハァ～温かい……』

ワイバーン《偽竜君》と戦った時の傷や疲労が抜けていく心地がする。幸せぇ～

でも、魔法《モクモク》でお風呂、ママの場合は平然とやっているけど、地味《じみ》に疲れるからリラックスできないんだよね。

『ねえ、ママぁ～　あっちにある岩でお風呂とか作れないかなぁ』

『んんん？』

ママは不思議そうな顔をする。実は洞窟の近くに、大理石《だいりせき》っぽい岩が転がっているのだ。

『あの岩をね、削《けず》ってお湯を溜められるようにしてね。お風呂が終わったら簡単に捨てられるように底に穴を開けてね』

などと一生懸命説明したら、ママは『小さい娘は時々変なことを言うわねぇ〜』と苦笑した。

『でも、魔法の鍛錬《たんれん》にもなるんだから、今まで通りにしなさい』

『えぇ〜』

とガックリしていると、お姉ちゃんが前足でツンツンしてきた。

『小さい妹、体洗って！』

『しょうがないなぁ』

白いモクモクを右手から出すと、湯船のそばに置いた壺に伸ばす。

引き寄せた壺から白いモクモクで石鹸を取り出し、湯をかけながら泡立てる。その間に湯船から出たお姉ちゃんの体を、泡立てた石鹸でゴシゴシと洗う。

最初の頃は、泡がすぐに黒くなるぐらい汚れていたけど、今は毎日のようにお風呂に入ってるからそんなことにはならない。背中から肩、脇《わき》など、一生懸命に白いモクモクを動かしながら洗っていると、ママが湯船から出る。そして、目を閉じて気持ちよさそうにしているお姉ちゃんに言った。

『大きい娘、あなたはわたしの体を洗ってちょうだい』

お姉ちゃんの顔が露骨《ろこつ》に引きつる。

『お母さんの体、大きいから大変なんだけど……』

『あら、あなただって変わらないぐらいになってきたでしょう？　それを妹に洗わせているのだから、あなただってできないはずはないでしょう？』

『……小さい妹は魔力操作が得意だし』

『あら？　だったら、練習ができてちょうどいいわね』

お姉ちゃんでは、っていうか、わたしたち兄弟姉妹では、まだまだママを言い負かせられない。がっくりと肩を落としたお姉ちゃんは、嫌々《いやいや》ながらも右前足を上げて赤いモコモコを出すと、ママを洗い始めた。すると、ママがこちらを見てニッコリ微笑む。

『小さい娘、あなたはわたしが洗ってあげるわ』

『母さんずるい！　小さい妹の体なんてちっちゃいから、すぐ終わっちゃうじゃない！』

『あら、わたしは浴槽《よくそう》も作っているのよ？　だったら、あなたが代わってくれるのかしら？』

巨大な浴槽をそのまま維持するのは、かなり大変だ。それはお姉ちゃんも分かっているようで『ぐぐ……』と悔しがるだけで、代わるとは言わなかった。

体を洗い終えたあと、改めてお湯に浸かる。は～幸せ。

ママもお姉ちゃんも目を閉じてダラケた顔をしている。

なんだか可愛い！

そんな様子を眺《なが》めながら癒やされていると、巨大な何かが近寄ってくる気配を感じた。

『んん？』

視線を向けると、遠くから大きいお兄ちゃんが駆けてくるのが見えた。その後ろには、黒いモコモコに縛《しば》られた何かが見える。

『え!? あれって!?』

湯船から立ち上がると、手前にお兄ちゃんが到着する。

わたしたちがお風呂に入っているからか、埃を立てない静かなものだった。だが、わたしは別のことで驚いていた。

『大きいお兄ちゃん！ それ、クマさん!?』

興奮するわたしに、大きいお兄ちゃんはニヤリと笑った。そして、わたしに見えるようにそれを前に出す。頭の部分だけ赤色が混じった黒い毛皮、巨大すぎる体、長く太い凶悪な爪——

わたしは思わず叫んじゃった。

『うわぁぁぁ！ しかもこれ、わたしが出会った奴だ！』

前世のクマも恐怖の象徴だったけど、異世界《今世》のクマはその数千倍ぐらいヤバい存在だ。

体長は大型トラック級のママの一回り以上は大きく、振り下ろす前足は岩をも砕《くだ》き、駆ける速度は豹型《ひょうがた》の魔獣を軽く追い抜き、飛び上がれば飛行するワイバーン《偽竜君》に届き、それに抱きつき頭から固い地面に墜落しても、平然としながら仕留めたワイバーン《獲物》をむさぼる頑強《がんきょう》さを持つ。

それでいて、賢いのでむやみに突っ込んでこない。はっきり言って、そこらの若いドラゴンよりも強いのだ。

わたしは1週間前に1人でいる時に遭遇《そうぐう》し、酷い目に遭《あ》った。白いモクモクを盾《たて》のようにしながら、なんとか応戦し、左目を潰《つぶ》してやったんだけど、そこまでだった。

ママが助けに来てくれなかったら、多分わたしはクマさんのお腹の中だ。

恐ろしいや〜　って、お兄ちゃん、怪我《けが》してる！

わたしが慌てて白いモクモクを出して治療してあげるも、『これぐらい、大したことはない！』と笑っている。いやいや、確かに深くはないけど、しっかりと爪で引っかかれた跡が残ってるからね！

なのに、『小さい妹が怪我をさせていたから、簡単だったぞ！』などと、わたしに頬ずりをしてくる。小さい傷でも、化膿《かのう》したら大変なんだから、もうちょっと気にして欲しい！

でも、そんなことを気にしているのはわたしだけみたいで、お風呂の中のお姉ちゃんは『殺《や》られた小さい妹のためにも、沢山食べるわ〜』などと、涎を垂らさんばかりの顔をしてる。

どうでもいいけど、わたし、殺られてないからね！

ママは『小さい娘が片目を潰していたんだから、もうちょっと簡単に倒さないとねぇ～』などと、ニコニコしている。因みにママは、前足の軽い一撃でクマさんの頭を粉砕《ふんさい》する。むしろママを見たら、クマさんは全力で逃げる。ほんと、格が違いすぎる。

『小さい妹、こいつを料理してくれ。鍋だったか？　それがいいぞ』

『いいけど――』

視線をクマさんの喉に移す。切れ込みが入っているから、血抜きはやってくれたみたいだ。

それに気づいたのか、大きいお兄ちゃんは自慢げに言う。

『小さい妹がいつもしていることは終わっているぞ！　内臓も食べ終えた』

獲物は捕《と》らえたらすぐに血抜きと内臓の除去、これをやるとやらないので結構違う。さぼると、臭かったり固かったり不味《まず》かったりするのだ。わたしがいつもしているから、大きいお兄ちゃんも最近はやってくれる。ありがたい。

『ありがとう。じゃあ、あとで鍋にしよう！』

『おう、楽しみだ！』

と言いながら、大きいお兄ちゃんはクマさんを咥えて洞窟の方に歩いていく。

『鍋、いいわね』

『楽しみね、お母さん』

などと、ママとお姉ちゃんが言っている。

まあ、鍋と言っても大したものではない。白いモクモクを大きな鍋型にして、水を沸《わ》かす。

そこに近くで採れる岩塩《がんえん》、エルフのお姉さんに貰った種から育てたコショウ、干したキノコ、ハーブなどを突っ込む。そこにお肉を入れて、出てきた灰汁《あく》を丁寧《ていねい》に取る。これで完成だ。

前世でも鍋など作ったことがないから、ほとんど勘《かん》だったけど、思ったより美味しく出来た。

ママや兄妹、エルフのお姉さんからも絶賛されて、ちょっとした自信作となっている。

はじめフェンリル勢は鍋に直接顔を突っ込んでいたけど、どん引きするわたしとエルフのお姉さんのたっての願いで、それぞれが出したモクモクを箸《はし》代わりにして食べることとなった。

……わたしは多分、前世で家族と鍋を囲んだことはない。

なのに、現世では、全く種族が違う大切な家族と鍋を囲む。

なんだか不思議で、なんだか可笑《おか》しく、なんだか幸せだ。

幸せだった……。

◆◇◆◇◆

12回目の春が来て、夏、そして秋になり、そろそろ冬ごもりの準備を行う時期になろうという時に、わたしたちは洞窟の奥に集められた。

この洞窟はママたちが生活できるぐらいには巨大だ。前世ならば、ドーム1つ分ぐらいと言ったところか。まあ、行ったことないから、実際のところは分からないけど……。

その最も奥に、いつの間に準備したのか、わたしたち兄妹分の魔法陣が横一列に描かれていて、ママにその前に立つように指示された。

わたしたち兄妹は不可解に思いながら、お互い顔を見合わせつつも、言われるまま並んだんだけど。わたしたちを前に、ママがとんでもないことを言い出した。

『あなたたち、今から独《ひと》り立ち前の試験を行うわ』

ここまでは——まあいい。その次の言葉が問題だった。

『これからそれぞれ違う場所に転移させるから、そこを支配して、自分の縄張《なわば》りとしなさい。

それまで、帰ってきちゃ駄目よ』

『ちょちょちょっと待ってよ、ママ！』

慌てて言うわたしの声が洞窟内で反響する。

『それって、わたし1人っきりになるってこと!?　おお、お兄ちゃんたちはともかく、わたしは……』

そんなわたしに、ママは苦笑する。

『小さい娘、あなたはもう十分大きくなったでしょう？　いつまでも、赤ん坊みたいなことを言ってないの』

『待って、待って！　わたし、こんなに小さいよ！』

『人間の女《あなた》は大体それぐらいが限界でしょう？　そんなこと、わたしも知っているのよ！』

『いやいや、もう少し大きくなるし！　それに、大きさだけの問題じゃないし！』

因みに、わたしの今の格好は白い帽子《ぼうし》（フェンリル耳付き）にセーラー服、腰のベルトに尻尾モドキをつけ、スカートの下にはスパッツ（っぽいもの）を履《は》いている。

白髪《はくはつ》を三つ編みにしていて、自分のことながらちょっと可愛い！

服とかは女子中学生（体育会系）にフェンリル要素を足したイメージで、エルフのお姉さんに依頼して作ってもらった。お返しに、よく分からない品種の葡萄《ぶどう》を、最近できるようになった植物育成魔法で育ててあげた。

いや、そんなことはどうでもいいとして、この格好でも分かる通り、わたしは女子中学生（みたいなもの）なのだ！　前世だって、普通に保護者に養《やしな》ってもらう身分なのだ！　――保護してもらった記憶があまりないけど――法律で決まっているのだ！

それに大人子供の問題じゃなく、こんなドラゴンが闊歩《かっぽ》する世界に1人っきりで放り出されたら、間違いなく死ぬ。

死んでしまうから！

あれかな？　最近、ママからの『大物《おおもの》を狩ってきなさい』という催促《さいそく》が煩わしくって、大きいお兄ちゃんが狩ってきた獲物を、料理するのを条件に貰ってたのがよくなかったのかな⁉

それで、『この子はこれぐらいはできる』と勘違いさせちゃったかな⁉

それは、かなりヤバいんだけど⁉

『ママ、あのね――』

『あなたたちを送る、それぞれの場所の特徴を伝えておくわ』

『ママ！　ちょっと、聞いて！』

叫ぶわたしなどお構いなしに、ママは話し続ける。

『大きい息子、あなたが向かう先は北の森――様々な竜種が闊歩する最も危険な場所よ。もっとも、あなたなら問題ないでしょう』

〝竜種〟、〝最も危険〟など、不穏なワードが列挙《れっきょ》されているのに、大きいお兄ちゃんはニヤリと口元を歪《ゆが》めている。

やる気満々だ！

『大きい娘、あなたが向かうのは西の森――近くに死霊《しりょう》生物の住処《すみか》がある少々やっかいな場所よ。とはいえ、炎《あか》の魔力持ちであるあなたなら、一掃《いっそう》できるでしょう』

おっかないお化けが出そうな場所なのに、お姉ちゃんは自信ありげに『ふふふ』と笑った。

凄い！

『小さい息子、あなたが向かう東側は森というより山脈ね。起伏《きふく》に富んだ地形で、生息する獣たちは一癖《ひとくせ》も二癖《ふたくせ》もあるのがそろっているわ。でも、頭が切れるあなたなら、その地形も有利にしてしまうのではないかしら？』

小さいお兄ちゃんは気負った風もなく『美味しい鳥はいるかな？』などと言っている。

流石の平常心！

『小さい娘』とママがこちらを向く。

『あなたが向かう南の森、その先にはそこそこ大きい人間の町があるわ。あなただけずいぶん簡単な場所だけど……。まあ、あなたは怖がりだから、手始めにはちょうどいいでしょう』

いやいや、ドラゴンよりはマシと言っても無理だから！

人間の町を支配なんて無理だから！

『ママぁ～』と近寄ろうとするわたしを『話を最後まで聞きなさい』と鼻先で押し返しながら、ママは続ける。

『それぞれの場所に、物をこちらに転移させる魔法陣を準備しておいたから、手に入れた獲物を定期的に送るように！　やり方は、覚えているわよね？　その内容と支配状況があまり酷いようだったら――』

ママは目を恐ろしくさせながら言う。

『その子は〝特訓〟のやり直しとするわ！』

兄妹全員、息を飲む。大きいお兄ちゃんですら、顔を引きつらせた。

〝特訓〟――何年も前にしたことなのに、昨日のことのように……。

いや、思い出したくない！

思い出したくない！

ママは一転、ニッコリ微笑む。

『大丈夫よ！　定期的に〝良い〟ものを送ってくれたら、多少支配が遅れても待ってあげるから』

などと言っている。

『母さん』

と、大きいお兄ちゃんが心配そうに言う。

『小さい妹は俺と一緒の場所じゃ駄目か？　俺、心配だ』

『大きいお兄ちゃん！』

わたしが感動で目をうるうるさせるも、ママは冷たい目で言う。

『駄目に決まってるでしょう。そもそも、心配とか言ってあなた、単に小さい娘の料理が食べたいだけでしょう』

『え～まあ、そうだけど……』

と大きいお兄ちゃんはすごすごと引っ込む。

ちょっと！　諦《あきら》めないで！　料理ぐらいなら、毎食作ってあげるから！

『ママ、あのね――』

わたしが発しようとした言葉に被せるように、ママが話を変える。

『あと、これを機に、あなたたちに名前をつけようと思うわ』

『え、名前？』

わたしは目をパチクリさせた。

なんか、大きいお兄ちゃんとかお姉ちゃんとか、そんな呼び方をしてきたから、フェンリルは種として名前をつけないのかなぁ～なんて思っていた。

それを、今になってつけるの？　そんな、不思議がるわたしを置いて、ママが名付けをした。

『大きい息子は〝　　　　〟、大きい娘は〝　　　　〟、小さい息子は〝　　　　〟で、小さい娘は〝　　　　〟とするわ。少なくとも、自分の名前は覚えておくようにね』

わたしの名前は〝　　　　　　　　　〟……。

何か、不思議な感じがする。お兄ちゃんたちと、なんか照れくさそうに顔を見合わせた。

ってことは……。

『大きいお兄ちゃんはクー兄ちゃん、大きいお姉ちゃんはケリー姉ちゃん、小さいお兄ちゃんはコル兄ちゃんだね！』

わたしの言葉に、ママやお兄ちゃんたちは不思議そうな顔でこちらを見る。お姉ちゃん――

ケリー姉ちゃんが呆れた顔で言う。

『小さい妹は時々変なことを言うわね』

『え～変なことかな？　普通に愛称じゃない？』

『アイショウ？　何それ、変よ』

『え～』

クー兄ちゃんが少し考えながら言う。

『じゃあ、小さい妹はサリー妹、なのか？』

『妹や弟はつけずに、サリーとかコルでいいんだよ』

クー兄ちゃんは不可思議そうに首を傾《かし》げるけど、そういうものなの！

ママが前足で地面を叩きながら言う。

『ハイハイ、横道に逸《そ》れないの。とにかく、あなたたちもこれで〝名前持ち〟になったのだから、それぞれの場所でも誇り高く生きるのよ』

そして、クー兄ちゃんの前に移動すると、ママは前足を上げて——下ろした。クー兄ちゃんの後ろに光の円が現れ、覆《おお》いかぶさるように倒れて巨体が消えた！　ママが転送させたのだ！

『ちょ、ちょっと、ママ！』

ママは、ケリー姉ちゃん、コル兄ちゃんの前にも前足を下ろす。お姉ちゃん、お兄ちゃんも次々と転送される。

やだ！　１人っきりになるのなんて、絶対にやだ！　命がけだ。

仮にまた、あの特訓を受けることになっても、こんな世界に１人で放り出されるよりは遙《はる》かにマシに思えた。

わたしは無我夢中でママに飛びついた。いつもの、大きくてフサフサしているあの胸にだ。

あそこにへばりつき、何日、何週だって粘《ねば》ってやる！

突然、柔らかい何かにぶつかり、後ろに飛ばされた。

え⁉　なに⁉

バク中をして着地するとママの巨大な肉球が目の前にあった。

あ、ああ！

『マ――』

ママの前足が地面についた。

2章　飛ばされた先は……。

『――マ！』

叫んだ時には、ママの姿はかき消えていた。

ママどころか、わたしがいたはずの洞窟のゴツゴツした壁や天井も視界になく、目に映《うつ》るのは草木が並ぶ風景だった。

え？　何？　どこ？　見覚えがない。

今まで住んでいた洞窟の周りとは植物の種類が違う。

ここが、ママが言っていた南の森なんだろう。視界が潤《うる》み、冷たいものが頬を伝う感触を覚えながら、わたしは叫んだ。

『ママぁぁ！　おにいちゃぁぁぁん！　おねえちゃぁぁぁぁん！』

うぁおぉぉぉん！　という涙ながらの叫びだったけど、誰も答えてくれず、ただ空《むな》しく晴天の空に溶けていった。バタンと、わたしはその場に倒れた。

漆黒《しっこく》の巨躯《きょく》を持ち、水をかけてもなかなか消えない黒色の炎を吐く黒竜《こくりゅう》、ドブのような肌をして近づくだけで目や皮膚にダメージを与える毒竜《どくりゅう》、遙か空の彼方から突然飛来し、食べようと襲いかかってくる飛竜《ひりゅう》……。クマさんやバジリスク《蛇王》も決して侮《あなど》ることのできない強敵だ。

そんな怪物たちがそこらを闊歩するのがこの世界なのだ。

こんな、恐ろしい異世界《場所》に身一つで投げ出されて、この先どうやって生きていけばよいの……。

ママやお兄ちゃんたちがそばにいたからこそ、化け物たちも恐れて近づかなかっただけで、わたしが1人っきりになったら、それこそ、嬉々として食べに来るに決まっている。

怖いよぉ〜怖いよぉ〜

寝ころびながらシクシクしていると、ふと、視線の上の方に何か見えるのに気づいた。

ん？　体を起こし、後ろを振り向くと、木造の家が建っていた。前世で見たロッジみたいな建物で、上部にある屋根の傾斜が鋭かった。床が地面から一段分高く作られている。新築のようで、ニスで磨《みが》かれたのだろう表面は艶《つや》やかで、少し輝いている。

よく見ると階段を5段ほど上がった先にある入り口の戸には、フェンリル（たぶんママ）が描かれていた。

え、何？　ママがわたしのために用意してくれたの？

わたしはあることに思い当たり、周りを見渡す。そして、目に入ったもののそばまで駆けた。

やっぱり、あった！

それは、白くて小さな石だ。少し輝くそれが、いくつも地面に並び、列を成していた。

結界石《けっかいせき》だ。

と、すると……。わたしは家に近寄った。予想が正しいなら……。高床《たかどこ》になっている下の部分を覗く。吹き抜けにはなっていない。板で隙間《すきま》なく覆われていた。

中腰になりながら、少し違和感のある場所に近寄る。やっぱり、扉《とびら》になっていた。そこを開いてみる。薄暗い中に所々、青白い光が見えた。

目を凝らすと、家の基礎？　ちょっとよく分からないけど、それがあり、基礎を縫《ぬ》うようにうっすらと光る魔法陣が見えた。

結界の陣だ。これを囲むように結界石を置くと、〝特定の条件〟に当てはまる者以外は中に入ることができない。つまり、結界石の中にいる限りは安全なのだ。

恐怖心が和《やわ》らぎ、ホッとした。そういえばママは、容赦なく厳しいけど優しいんだった！

以前、崖《がけ》を飛び降りる鍛錬をした時もそうだった。崖の上で怖くてプルプルしてると、『仕方がないわね』とママは崖の下に降りていき、『ほら、わたしに向かって飛び降りなさい！』って言ってくれたんだった。

もちろん、飛び降りた時は優しく受け止めてくれた。ママはそんなフェンリルだった！

つまり、ここを拠点にして、この地を支配しろってことなのだろう。セーフティーエリアがあるのとないのとでは、安心感が全然違う。仮にそこらの黒竜が来ても、入り込めないこの結界があれば、最悪、ここに引きこもってやり過ごすことができるのだ！

ホッとすると、これから住むこの辺りを見てみようかなって気になった。結界の陣に影響がないよう、扉をそっと閉める。そして、床下から出て周りを見渡す。

家の周りは鬱蒼《うっそう》とした森になっていた。屋根から見たら見やすいかな？　助走をつけるために、家から少し離れる。そして、駆けると軽くジャンプした。

上手い具合に、屋根の頂点に立つ。バランスを取りつつ辺りを見る。この家より高い木が多いので、まだよく見えない。太陽の位置からすると、家の正面が南のようだ。

その場で軽く跳躍《ちょうやく》してみた。高さ20メートル辺りで、体をぐるりと捻りながら360度見渡してみる。この場所は森のど真ん中にあるらしく、1キロぐらいは木々に覆われていた。

屋根に着地したあと、もう少し遠くを見ようと再度飛んだ。北の方は北東辺りに岩肌が露出している箇所以外は、かなりの距離が木々に埋もれているようだった。

東方の奥に大きな川らしきものが見えた。

南方には小さな川があり、その奥には草原、そして、さらに先に町が見えた。

西方の奥には荒野《こうや》らしきものが少し見えた。

屋根に着地をすると、目を閉じて気配を感じる。

？？？　あれれ？

大型の魔獣の気配がしない。巧《たく》みに隠れているのかな？

いや、特に竜種なんかは〝隠れる〟など思いつきもしない傲慢《ごうまん》さがある。ひょっとしてこの辺りは、あまり強力な魔獣はいないのかもしれない。

思わず頬が緩む。なんやかんや言って、ちっちゃいわたしでも生き残れるように気を使ってくれたのだろう。

ママ、やさしい！

問題は……人間の町かぁ。もう一度、南の方を向きながら飛び上がってみる。

要塞都市――って言うのかな？　結構高そうな壁に囲まれていて、軍隊で攻め込むとしてもかなり難儀《なんぎ》しそうな感じがした。この世界の軍事水準がどれくらいなのか分からないから、なんとも言えないけど。

あんなのを征服？　１人で？　無理難題もいいところだ！

そりゃ、ママとかお兄ちゃんとかだったら、可能だろう。多分、近寄るだけでその巨体に怯《おび》えて、白旗《しろはた》を上げることだろう。

でも、わたしみたいなありきたりな女の子など、鼻で笑われるに違いない。いや、むしろ、中二病《あっちの子》かな？　と生温《なまあたた》かい目で見られるのがオチだ。

屋根に着地をして、ため息をつく。

まあ、難しいことは置いておいて、拠点《そこら》《へん》となる家の中を見ておこうかな。


わたしは家の前に降り立った。

家のサイズはそれほど大きくなかった。もちろん前世の日本の住宅事情と違い、家族5、6人がゆったりと生活できるぐらいはある。わたし1人だと広すぎるぐらいだ。

そこを「大きくない」と思ったのは、要するに通常の人間サイズということ。フェンリル《マ》《マ》たちはとても入ることができないということだ。

ここを用意してくれたのは、結界もあるからママなのは間違いないけど、多分、ここの建築とか準備とかにはエルフのお姉さんが関わっているだろう。ひょっとして、お姉さんの仲間のエルフさんとかもかな？

今度、お礼を言った方がいいよね。

5段ある階段をぴょいと飛び越して、木製のドアに手をかける。

ノブじゃなく、横に長い取っ手だった。鍵《かぎ》もない。前世は比較的都会に住んでいたので、ちょっと、不用心《ぶようじん》にも思えるけど、こんな森の中に泥棒なんていないかと思い直す。

そもそも、先ほどまでいた洞窟なんて扉すらなかったんだよねぇ。

なんてことを思いながら開けると、視界に再度ドアが現れた。

？？？　え？　どういうこと？

最初に開けたドアと奥にあるドアまで1メートルほどあり、右には大きい木製のスコップみたいなものが置いてあった。土間《どま》、ではないよね？　こんなあからさまな西洋風の家で……。

荷物置き場、なのかな？　よく分からない。

入って左側には窓らしきものが2つあった。空気の入れ替え用かな？

まあ、元々前世はマンション暮らしの中学生（多分）で、今世は洞窟暮らしのわたしには、家の構造やその機能など理解できなくても仕方がないだろうけどね。

それぞれの窓に硝子《がらす》はない。代わりに、木でできた両開きのものが取りつけられていた。

この世界で硝子はまだ、発明されてないのかな？

考えるのはあとにして、とにかく中に入る。新築の匂いっていうのかな？　木の心地よい匂いが、鼻孔《びこう》をくすぐる。奥の扉のノブを掴《つか》む。あ、こっちは金属だ。しかも、鍵穴がある。

え？　ここにきて、鍵が開いてなかったらどうしよう？

などと考えつつノブを捻る。杞憂だったようで普通に開いた。

入ってすぐに見えたのは——暗闇だった。先ほどのところ以外、窓がないから、日が入らないのね。まあ、わたしは夜目《よめ》が利くので、なんとなく分かるんだけど……。

辺りを見渡してみる。あ、入り口すぐにランプ発見！　奥にもあるみたい。

白いモクモクで火をつけながら、改めて辺りを見る。玄関すぐはリビングってことみたいだ。結構広い。飾《かざ》り気がないからか、がらんとした印象を与える。

とはいえ、一応、横長の木製テーブルがデンと置かれていた。詰めれば6人ぐらい座れるサイズで、しっかりニスが塗られてるのか焦《こ》げ茶色の天板《てんばん》がランプの明かりで輝き、覗き込むとうっすら顔を映す。

ただ、椅子は2脚しかなかった。1つはわたしの分だろう。ママの大きさではここに入れないだろうから、もう1つはエルフのお姉さん用かな？

ひょっとしたら、様子を見に来てくれるのかもしれない。だったら、少し安心できる。

ん？　テーブルの上に、20センチほどの長い鍵が2つ置かれていた。玄関の鍵かな？　2つとも同じ形なので、1つは予備なのだろう。まあ、取りあえずはいいか。

天井に直径10センチほどの灰色の石がついている。そこからケーブルっぽいのが天井から柱を伝い、玄関の脇に取りつけられた同じく灰色の石まで伸びていた。

ひょっとしたら、照明かもと思い、押してみた。……何も起きなかった。

なにこれ？　……まあ、保留ということで。

奥には暖炉《だんろ》がある。前世も合わせて実物を見たのは初めてだ。くすんだ茶色の煉瓦《れんが》でできていて、大人が2人ほど潜《もぐ》り込めそうなサイズだ。そこに薪台《まきだい》？　って言うんだっけ、金属の台があり、薪が組まれていた。鍋を吊《つ》るせるようになっているし、鉄板《てっぱん》を置けば肉も焼けそうだ。

良いねぇ～

火をつけてみたくなったけど、取りあえずは部屋を一通り見てからの方がいいかな？

一通り見て回ったあと、リビングに戻り椅子に座る。

思ったより、広かった。リビングを中心に、左右に4部屋、奥にキッチン、トイレ、お風呂がある。入り口から右奥の部屋には、ママに獲物を送る時用の転送陣があった。

そのやり方は、以前ママから聞いていた。転送陣の中央に立って、『転送！』と唱《とな》えてみた。

……戻れなかった。悲しかった。

玄関から見て左手前の部屋は寝室《しんしつ》だった。ベッドと小さなテーブル、洋服ダンスやクローゼットがあった。開けてみると、洞窟に置いてあったはずの服が丁寧に並べられていた。

一体いつの間に!?　しかも、新しいのも追加されていた！

クローゼットの隣には、洞窟で使っていた全身が映る鏡――姿見《すがたみ》も置かれていた。

嬉しい！

そしてベッド！　今世で初のベッドだ。基本、ママかお兄ちゃんたちにしがみついて寝てたからね。サイズは——大きい、よね？　なんか久しぶりに見たからよく分からないけど、セミダブル……ぐらいなのかな？

わたしぐらいの女の子なら、頑張れば４人ぐらい寝られそうな大きさだった。そして、何より嬉しかったのは、布団《ふとん》カバーの中にママの毛が詰まってたこと！

ママの匂いがいっぱいした！　沢山詰め込まれているから、ふかふかしている。嬉しくって、掛け布団と敷《し》き布団の間に頭から突っ込んだ。

ママに包まれているようで、幸せぇ〜

……そして、別れて1時間も経ってないのに、無性《むしょう》に恋しくなってきた。

ママぁ〜

右手前と左奥の部屋は倉庫のようで、わたしがなんとか腕で抱えられるぐらいの大きさの木箱が沢山置いてあった。開けてみると、岩塩や、わたしの考案でエルフのお姉さんに作ってもらっていた石鹸とリンスが入った壷が詰め込まれていた。

ありがたかった。ありがたかったけど……。

コショウや砂糖大根《てんさい》、メロンなどの種も入れておいてくれたらいいのに！　そうしたら、ママから教わった植物育成魔法が使えるのに！　ああ、メロンはともかく、コショウや砂糖《てんさい》は欲しかった。生きていくのに絶対必要かと言われたら、そうでもないけどさ。

あと、左奥の部屋には梯子《はしご》が置かれていた。なんだろうと、見渡して気づいた。部屋の奥にある天井部分が、開け閉めできるようになっていた。

左手で出した白いモクモクで階段を作り、それを登って開けてみると、思った通り、屋根裏に続く扉だった。慎重に持ち上げ、覗いてみると、思った以上に広いスペースがあった。

何かに使うことがあるかな？　まあ、今は保留ということにしておこう。

トイレがあるのは嬉しい！

しかも、Ｗｅｂ小説でお馴染《なじ》みの、スライムが分解してくれるやつだ！　実はこれ、住んでいた洞窟にもあった。フェンリル的には森のどこかですればよいという排泄《はいせつ》行為だったけど、わたしが熱心に衛生とかを訴えたらエルフのお姉さんが作ってくれたのだ。

あと、お風呂！　以前、ママに話したことを覚えていてくれたみたいで、洞窟の近くにあった大理石（っぽい石？）でできた素敵《すてき》なお風呂だった！　お湯を外に流す穴まであって、凄く便利そうだ。ただ、なんかお湯の蛇口《じゃぐち》っぽいものがついているんだけど、使い方がよく分からない。エルフのお姉さんが来たら聞いてみよう。

暖炉の左横にドアがあり、その先にはキッチンがあった。しかも、竈《かまど》がある！

これ、パンとか作れそうだ！

……まあ、白いモクモクがあれば、竈はあまりいらないんだけどね。パンも白いモクモクで作ったことあるし。

ま、まあ、何かに使えるかも？　ってことで。

あと、端《はし》の方にパーティーとかで使えそうな大きな皿が5枚ほど重ねて置かれていた。

多分、ママに料理を送るためのものだろう。そういえば、どれくらいの頻度で送ればいいのかな？　まあ、取りあえず、生活が落ち着いてから考えればいいか。

その奥にもドアがあるので開けてみると、薪置き場。さらに先にもドアがあったので開けると、家の裏側に出たようで鬱蒼とした木々が見えた。

木はいくらでもあるので、薪には困らなそうだ。

火は白いモクモクがあれば出せるけど、暖を取るためにずっと出しっぱなしというわけにはいかないから、その意味では助かるなぁ。


改めて家の全体を思い浮かべると、かなり気を遣《つか》ってもらってるのが分かる。これだけのものをそろえるとなると、手間暇《てまひま》もそうだけど、そこそこお金がかかったのではないかなぁ？

もっとも、フェンリル《ママ》の抜け毛や生え替わりの爪や牙《きば》などは、人間の間で結構な値段で売れてるって聞くから、それで作ったのかもしれないけど……。

う〜ん。やっぱり、人間の町を占領《せんりょう》しに行かないと駄目なんだろうなぁ。

椅子に背を預けながら、考える。一応、戦う術も教わっている。弱いのだけど、ドラゴンも倒したことはある。

でもなぁ～わたし1人で占領とか、できるのかなぁ。普通の人間がドラゴンより強いとは思えない。でも、騎士さんとか冒険者さんとかだと、軽く倒せちゃう人だっているかもしれない。少なくとも、Ｗｅｂ小説にはいっぱいいいた。だったら、この異世界にいたって不思議じゃない。

……。

はぁ～とため息を漏らしながら立ち上がる。

無理かもしれない。まあ、九割《きゅうわり》九《く》分《ぶ》九《く》厘《りん》は無理だろう。だけど、ここまで用意してもらって何もしないっていうのは、流石に駄目だろう。攻めるうんぬんかんぬんは取りあえず置いておいて、見に行くだけ行ってみよう。良い言い訳が見つかるかもしれないし。

ふむ、そうなるとちょっと楽しみだ！

赤ん坊の頃にママの元に行ってから、これまで人間の町に行ったことがない。いや、人間にすら会ったことがない。異世界の人間はどんな感じなんだろう？

テーブルの上にあった鍵を1本取る。そして、出口に向かって歩く。

あ、ちょっと待った。

寝室の中に入って、姿見の前に立つ。長い白髪を三つ編みにした少女が、セーラー服にフェンリルの耳付き帽子（白色）、ベルト（白い尻尾付き）の姿で立っていた。

三つ編みの髪を肩から前に流してみる。

……。

自分ながら、異世界転生後のわたし、可愛い。

でも、フェンリル《家族》に囲まれている時はあんまり気にしなかったけど、この格好、異世界ではちょっと浮いてないかな？

……13歳だからまだ許されるかな？　やっぱり、許されない？

「がぉ～」とポーズをしてみる。ぱっちりとした目に、整った顔――やっぱり可愛い。

格好はいくぶん変にも見えるけど……。ま、いいかな？


森を抜け、小川を跳び越えて進み、起伏のある草原を駆けて、林を抜けた。

すると、町に着いた。近くで見ると、町を囲う壁は遥か見上げる高さだ。

すご～い！

アーチ型の入り口の前に、入場待ちの人が30人ほど並んでいるのが見えた。格好は……まあ、中世ヨーロッパ風、Ｗｅｂ小説の庶民《しょみん》って感じだ。

そんな中に前世の現代風セーラー姿で乱入したら、驚かれるかな？　なんて思いながら近づいていく。

……ちょっと、訝《いぶか》しげにされるけど、騒がれることはなかった。

よかったぁ～

などと考えていると、列の最後尾にいた5歳ぐらいの男の子が、こちらを指さしてきた。

「ねえ、あのお姉ちゃん、犬みたいな耳が生えてるよ！」

男の子のお母さんっぽい、大きな籠を背負った人が「あら本当に」と驚いている。まあ、人にフェンリル耳が生えてたら驚くか。男の子たちの後ろに並びつつ、帽子を取った。

「この耳、作り物だよ」

「わぁ～そうなんだ！」

男の子が目を丸くする。男の子のお母さんも「凄く精巧《せいこう》ねぇ～」などと言っている。

「お姉さんが作ってくれたの」

もちろん、大きいお姉ちゃんじゃなく、エルフのお姉さんだ。

「あなたのお姉さん、凄いわねぇ」

と感心した顔で、まじまじと帽子を見ている。正確には、エルフのお姉さんがママの毛を集めて、職人（エルフらしい）に作ってもらったというのが正しいけど、まあ、いいか。

男の子のお母さんが不思議そうにわたしを見る。

「あなた、この辺では見かけない格好をしてるけど、外国の人かしら？」

「ううん、あの林の奥に住んでるの」

「え⁉　でも、魔獣が出るでしょう⁉」

「うん、でもママやお兄ちゃんたち、強いから。それに、こう見えてわたしも戦えるんだよ」

「まあ、そうなのね」

ちょっと、嬉しい。

と男の子のお母さんは目を丸くしている。男の子は「凄いんだねぇ」と感心してくれた。

初めて町に来たことを話すと、男の子のお母さんは心配そうに眉を寄せた。

「じゃあ、通行などの許可書を持ってないいんじゃないの？　そうすると、お金がかかるんだけど……」

「あ！　そうなんだ！」

そりゃそうか！　異世界もののＷｅｂ小説で定番なのに、すっかり忘れていた。

「どうしよう。お金なんて持ってない」

こういう時、Ｗｅｂ小説だとどうしてるんだっけ？

う〜ん、と腕を組んで考えていると、「おい」というしゃがれた声が聞こえてきた。

視線を向けると、「ひゃぁ！」と思わず声を上げてしまった。やたらと人相《にんそう》が悪い兵士さんが近寄ってきた。大きくて筋肉質な体、薄い金色の髪をオールバックにしている。白い肌には鋭い古傷が何本も走り、眉が薄く、窪《くぼ》んだ奥に見える薄青色の瞳の目は、やたらと鋭い。

なんか前世で見た映画の、犯罪組織のボスに似ている。

むちゃくちゃ怖い！

男の子も、ビックリしてお母さんの陰に隠れている。でも、男の子のお母さんは大物なのか、「あらあら」などと言って笑っている。

凄い！

ボス（仮名）がわたしの前に立つと、少し苦笑する。

「俺は門番だ」

「も、もんばん？」

もんばんってなんだっけ⁉　暗殺者の通称⁉　あ、いや、門番さんね！

恐ろしくって、変なことを考えちゃった。

ボス改め、門番さんが言う。

「お前、許可書も金もないんだってな」

「う、うん」

門番さんが一つため息をついた。そして、「ちょっと来い」と手招きをする。

「ひゃぁぁぁ！」

思わず声を上げて、林の方に駆けていた。「お、おい！」っていう声が聞こえた気がしたけど、無視だ。「助けてぇぇぇ！」と全力で走った。


林を抜け、草原を駆け、森を突っ切り、家に飛び込んだ。

2枚目のドアを開けようとして、開かない！

鍵！

震える手で鍵穴に差し込み、回す！

入ると、すぐに鍵をかけて部屋に飛び込む。そして、寝室に駆け込むと、ベッドの中に頭から突っ込んでいった。

怖いよ、ママァァァ！

あれだ！　絶対、連れていかれたら、あれだ！　恐ろしい目に遭わされるんだ！　そして、最後は足をコンクリートで固められて、海に沈められるんだ！

人間、怖い！　怖いよぉぉぉ！

しばらく、ママの毛でできた布団に包まれてたら、気持ちが落ち着いてきた。でも、もう一度、あそこに行こうという気にはならなかった。少なくとも、あの門番のおじさんがいる限り無理！　ママったら、あんなに怖そうな人がいる町を支配しろだなんて、無茶苦茶《むちゃくちゃ》だ！

もう！　もう！　もう！　ママに会いたい。

少なくともこの家はママが結界を張ったのだから、住んでいた洞窟から、それほど離れているとは思えない。せいぜい、山３つ、４つ分ぐらいだろう。

それぐらいだったら、１日もあればたどり着ける。

だけど……無理かぁ～

この辺りは大型の魔獣はあまりいないようだけど、少なくとも洞窟の付近にはかなりの数が生息していた。どれぐらい遭遇するのか見当がつかないうちは、向かっていくのは自殺行為だろう。お兄ちゃんたちなら、駆ける速度が速いから大丈夫かもだけど……。

はぁ～　帰るのも駄目、人間の町にも入れない、となれば、ここで生活をするしかない。

ちゃんとした家も、結界もあるし、しばらくは問題ないかな？

……よくよく考えたら、それも悪くないかもしれない。

ベッドの上で起き上がり、思う。そういえば、そもそもママは、移った先を支配するようにとは言っても、人間の町を支配するようにとは言ってなかった。

あれ？　ひょっとして、わたしの早とちりかな？

常識的に考えて、わたしみたいな女の子があれほど大きい町を支配するとか、無理だ。あの門番のおじさん1人にだって勝てないだろう。

そうか、ママはあの人間の町を活用して、この辺りを支配するようにって言ったんだ！

脳裏に、ママが『わたしの娘はうっかり屋さんね』と微笑んでいる絵が浮かんだ。

間違いない！　絶対にそうだ！

でも、支配者か……。やっぱり、ただ住むだけでは駄目だよね。体《てい》は整えなければ……。

「そうだ！」

わたしは素晴らしいことを思いついた。

「開墾《かいこん》して、ここに国を作ろう！」

Web小説で流行《はや》った、スローライフ系のラノベみたいに。この辺りを整備して、素敵な国を作ってみせるんだ！

当然、国旗にはフェンリル《ママ》の絵を描こう。

あ！　国歌を作るのもいいかも！　もちろん、歌詞にはママが登場する！

ママが見に来たら、歌って出迎えてあげるんだ！

きっと、喜んでくれるはず！

脳裏に、ママが『まあ、素敵！』と微笑んでくれる絵が浮かんだ。

踊りも見せてあげたらもっと喜んでくれるかも！　よし、頑張るぞぉぉ！

疲れた。

それから、家の前で国歌と国舞《こくまい》を作るために、２時間ほど試行錯誤《しこうさくご》した。

だが、その甲斐《かい》もあって、素晴らしい出来だ。

……まあ、前世の曲とか踊りとかを参考にしてるから、ずるいかもしれないけど。でも、ママが喜んでくれるなら、これぐらいは許容範囲だ。

あとはゆっくり練っていけば、もっと素晴らしい国歌と国舞になるはずだ！

もう少し、続けたいところだけど、ちょっと疲れた。

家の入り口にある階段に腰を下ろした。ふむ。正直言って、単純にここで生活をする分には問題ない。ママの結界もあるし、歌や踊りをしている最中にも周りの気配を探ってみたけど、ドラゴンなどの手に余る魔獣はいないようだった。

むろん、世の中に絶対はない。だけど、冷静に考えればわたしだってフェンリル《ママ》に育てられた、フェンリル《ママ》の娘だ。狩りをして生きる分なら、身一つで放り出されても問題ない。それぐらいの力はある――はず。支配だって、家の周《こ》り《の》ぐらいならさほど難しくはないはずだ。

「ただ、開墾するとなると、どうかな？」

辺りを見渡す。家の周りは少し開けているけど、あとは深い森が続いている。

転生系Ｗｅｂ小説の主人公のお兄さんなら、木材が沢山ある！　とか言って大喜びをする場所ではある。そして、前世知識だったり、神様から貰った能力だったりを駆使《くし》して、女の子やらモフモフやらをはべらせつつ開拓《かいたく》をすることだろう。

わたしは転生者だけど、女の子で、ご都合チートは持っていない。記憶も中学生止まりなので、知識チートもできない。ただ、一応、魔法はママから習って使える。色々教わったけど、開拓で使えるのは主に２つかな。

１つはなんと言っても、白いモクモクだ！

魔法を使う時は、基本的にこれを介して行う。手の代わりに伸ばしてものを取ったり、戦闘中に盾として使うこともできる。

器の形にして、水を湧かして満たすこともできる。フライパンの形にして発熱させ、目玉焼きを作ることも、竈型にしてパンを焼くこともできる。使い勝手がいい魔法だ。

２つ目は植物育成魔法だ。

種や差し技に魔力を流すことで、発芽や成長を促《うなが》すことができる。魔力を多く使うことになるけど、真冬にメロンを育てることだって可能だ。よく、大きい姉《ケリー》ちゃんに強請《ねだ》られて作らされたなぁ。……あれ、わたし意外にやれちゃわない？　うん、やっていけそうな気がする！

頑張るぞぉぉぉ！

少し先から、結界に近づく気配を感じた。

視線を向けると、木々の隙間から凶悪そうな獣が顔を覗かせた。一瞬、クマさんかとゾワリとした。でもあれは……。

〝そいつ〟はわたしの姿が見えると、どことなく嬉しそうに一歩出た。だが、結界にぶつかったのだろう、ゴンッとその顔が反《そ》る。「ぐぁう!」とかなんとか言いながら、結界を叩く。しかし、ママの結界がそんな程度で壊れるわけがない。

しばらくすると、諦めたようで、体の向きを変えた。その間、何度もわたしの方を物欲しそうに見てきた。

「……はぁ?」

口元が引きつるのが止まらない。誰に向かって、そういう態度を取っているのかなぁ?

奴は例のクマさんではない。弱《じゃく》クマという種類のクマだ。

いや、お兄ちゃんたちがそう呼んでいるだけなのかもしれないけど、その名に相応《ふさわ》しく弱いクマなのだ。

まさに見かけ倒しのチャンピオン、体長は3メートルぐらいで吠える声が馬鹿みたいに大きいのだけど、とにかく弱いのだ。

最初に会ったのは6歳ぐらいだったか、ママと森で散歩をしていた時のことだ。いつもママにベッタリだったわたしが、たまたま、山葡萄《やまぶどう》を摘むのに一生懸命で、少しママから離れていた。そこに現れたのが、弱クマさんだ。

突然現れた凶悪そうなクマ顔に、わたしは……呆然としながら漏らしてしまった。さらに吠える弱クマさんに恐慌《きょうこう》状態になると、ママのところに脱兎《だっと》のごとく逃げてしまった。

自分の胸に飛びつき、毛に埋もれながら号泣するわたし《娘》に対して、ママはなんと、吹き出して笑い始めた。そして命がけで逃げてきた娘に対するあまりの態度に、驚いているわたしの背中を撫でながら言ったのだ。

『娘、わたしの可愛い娘、安心なさい。あれは驚くほど弱いクマだから』

『嘘でしょう⁉』

『騙《だま》されたと思って、蹴ってきなさい』

木の実を一生懸命食べている弱クマさんに恐る恐る近寄ると、ちょこんと蹴ってみた。

吹っ飛んでいった！　弱っ！

ポカンとするわたしに頬ずりしながら、「言ったでしょう？」とママは笑ってた。

そんな、弱いクマさんだが許せないことがある。

あのクマたちはママやお兄ちゃんたちが目の前に現れると、ガクガク震えながら一目散《いちもくさん》に逃げるのに、わたしを見ると小馬鹿にしたように無視をするのだ。いや、無視だけではなく、屈辱的なことに食べ物として認識されているらしく、襲ってくることさえあるのだ。

わたしだって、わたしだって最弱だけど、フェンリルの娘なのにぃぃぃ！

許せぬ。

わたしは立ち上がると、一駆け、右足を踏み込んでジャンプ！

何やらゴソゴソやっている弱クマさんの大きいお尻に跳び蹴りを加えた。案《あん》の定《じょう》というか、弱クマさんはわたしの蹴り一発で吹っ飛んでいき、木に激突した。

ばかりか、無駄に太い首がポッキリいってた。

弱っ！　まあ、いいけど。

この弱クマさん、弱いけど、味は結構美味しいのだ。そして、量がある。空腹の味方なのだ。毛皮とかも処理が面倒だけど、やり方はエルフのお姉さんに教わってある。一応、取っておこう。防寒とかは正直、そこまで必要はないけど、敷物《しきもの》にするのもいいし、Ｗｅｂ小説だと売ってお金にしてるしね。

首を切ると、白いモクモクで吊るし、血抜きなどの処理を行う。内臓とかは廃棄《はいき》だなぁ、もったいないけど。何もなければ食べるけど、正直好きじゃない。

お兄ちゃんたちはパクパク嬉しそうに食べるけどね。放置すると腐《くさ》って酷い臭いになるし、変な魔獣を呼び寄せかねないから、結界よりも少し遠めの位置に移動し、白いモクモクで穴を

掘って埋める。お肉はできるだけ冷凍《れいとう》にする。保存する意味もあるけど、寄生虫を死滅させられると前世のWeb小説とかで見た気がするので、まあ、一応だ。

因みに、菌《きん》に対してはあまり効果がないらしいので、自分が食べる分はしっかり焼くようにしている。真正のフェンリルたるママたちとは違って、わたし、ただの人間だしね。

……っていうか、お肉多いなぁ。白いモクモクで水を出し、汚れた手を洗いながら思う。

目の前には、板のように広げた白いモクモク、その上に載《の》せた冷凍肉の山があった。色々除き、切り分けられてなお、なかなかの量である。

お兄ちゃんがいればすぐに食べ終えてしまうだろうけど、自分が食べると考えたらちょっときつい。あと、冷静に考えて、これだけの量の肉を家に入れると、せっかくの新築が生臭くなっちゃう気がする。まあ、結界があるんだし、屋根の下であれば外でもいいけどね。

あの結界、菌は流石に無理だけど、小動物や虫なども防いでくれる優れものだ。だから、ネズミやらGやら蟻《あり》なども入ってこられない。

またしても、何かが近寄ってくる気配を感じ、視線を向けた。

そこには、真っ黒な蟻さんが5匹ほど立っていた。ただの蟻さんではない、人間の成人男性ぐらいはある。いわゆる、大蟻さんだ。何匹かは木の実やら魔獣の死骸《しがい》などを抱えていた。

そして、どうやらわたしの獲物を頂《いただ》けないかと近寄ってきたようだ。

……。

『あっち行って！』

がうがう！　と吠えると、蟻さんたちはビクっと震えた。

中には、前足で抱えていたものを落とした者すらいた。彼らは慌ててそれらを拾うと、そそくさと逃げていった。

大蟻さんは大きくて、時に何万匹もの大群で行動するんだけど、とても臆病《おくびょう》なのだ。前世の黒蟻さん同様、森の掃除屋さんでもある。なので、ママからは極力殺さないようにと言われていた。もっとも『もの凄く不味い』って顔をしかめていたから、多分そっちが大きいと思う。

わたしとしても、弱クマさんとは違い絡《から》んでくるわけじゃないので、追っ払うに止《とど》めた。

ん？　蟻さんがいたところに木の実が落ちているのに気づき、近寄ってみる。

あ、林檎《りんご》だ。腐りかけているけど……。

白いモクモクで持ち上げてほじると、種が見えた。

「おぉぉ！」と思わず歓喜《かんき》の声を上げた。

これで、林檎が食べられる。幸先《さいさき》がいいね！

白いモクモクで弱クマさんの肉や毛皮を運びながら、駆け足で家に戻った。

取りあえず、肉や毛皮は二枚戸の間の奥に置き、家の前の階段からすぐの位置に立つ。

林檎の木は、どこら辺に生《は》やすのがいいかな？

初めはど真ん中に生やそうかとも思ったけど、取りあえず東側に植えることにした。

白いモクモクで地面を掘り起こす。別に種を落とすだけでいいけれど、前世のイメージに引きずられているのか、ある程度柔らかくする。そこに種を埋めて優しく土を被せ、白いモクモクを載せて魔力を送る。両手をぐうにして、下から上に力いっぱい持ち上げた。

「育てぇ～！」

〝力ある言葉〟に呼応し、芽が生えて、ニョキニョキ育っていく。

……力ある言葉って、前世で見た映画の台詞《せりふ》だけどね。

その辺りは、まあ、気分気分！

植物育成魔法により、芽から草、小さい木から見上げるぐらいの高さにみるみる成長し、ぽつりぽつりと実が実り始めた。

……やっぱり植物育成魔法は不思議だ。果実って授粉《じゅふん》とかなんやらが必要だって前世の記憶にあるけど、その辺りを完全に短縮している。ママに聞いたら、魔法やら植物について色々語られたけど、難しすぎて気づいたら寝てしまっていた。

なので、さっぱりなのだ。……まあ、結果さえ出ればいいか！

真っ赤に育った実をジャンプして1つもぐ。半分に割ったあと、念のためペロリと舐めた。

実は猛毒《もうどく》林檎——なんてことだったら困るしね。

問題なさそうなので、齧《かじ》ってみた。

甘酸っぱい果実が口いっぱいに広がり、幸せぇ。

視線を感じ、そちらを向くと、多分先ほどの蟻さんと思われる一団がこちらを見ていた。

……どことなく羨ましそうだった。う〜ん、まあ、あの蟻さんたちのお陰で手に入ったからなぁ。白いモクモクで10個ほどもぐと、蟻さんたちにあげた。

大喜びで帰っていった。


朝！　起きた！　布団から出て、朝ご飯！

昨日の晩ご飯前に採った、薬草《ハーブ》やらなんやらを入れたスープを飲む。うむ、白いモクモクで十分だけど、せっかく暖炉があるんだから、鍋を購入してそれでじっくり煮込みたい。

でも、人間の町は……怖い！　保留かな。

国歌と国舞を一通り行い、さてとどうするかな？

現在やらないといけないことは3つだ。

1つは、植物育成魔法で育てられる種の種類を増やす。

昨日も一応、森の中を探したけど、使えそうなのは1種類の薬草《ハーブ》と山苺《やまいちご》ぐらいしか見つからなかった。もっと増やしたい。

2つ目は食料庫の作成だ。

ていうか、昨日の弱クマさんの肉をカチコチに凍らせたのに、朝になって溶けていた。当たり前と言えばそうなんだけど、木の床が濡れていてかなりショックだった。慌てて大きめの葉っぱを集めて敷いたけど、いつまでもこのままというわけにはいかないだろう。

う〜ん、洞窟だとそれほど気にならないけど、木でできた新築の家で生臭くなるのはかなり嫌だ。それに、溶けた水で家がカビたり、下手をすると腐ったりしかねない。

せめて、倉庫を別に作ってそこに置きたい。ある程度、小さく作って、四方《しほう》を氷で覆えば溶けにくいかな？　もしくは、地下を作るか……。

最後は、国土拡張だ。

現在は家と、その前にあるテニスコート2つ分のスペースが我が国土だ。それを少しずつ広げていく必要がある。

よ〜し、頑張るぞぉ！

……まずはということで、食べ物の種を探して回ったけど、思うようにはいかなかった。唯一というか、山葡萄を発見した。前世の葡萄とは比べものにならないだろうけど、まあ、一応育ててみようと思う。

その代わりにキノコ類は何個か見つけた。キノコ栽培に関しては、1種類だけだけど試《ため》したことがある。戦国もののWeb小説で、椎茸栽培《しいたけさいばい》の描写にあった、伐採《ばっさい》した木に菌を植えるやり方。プラス、ママの監修のもと、植物育成魔法の要領で活性化させたらなんとかなった。

そのキノコと、その他の種類が何個かあったので採ってきた。

むろん、食べられるものだけだ。その辺りはママやエルフのお姉さんに教わっているから、毒キノコを食べて腹痛を起こすベタな展開にはならない。……多分。

集めたものを両手に抱えて家路につくと、またしても例の大蟻さんたちが結界の外をウロウロしていた。また、林檎を貰いにきたのかな？　って思っていると、1匹の蟻さんがオレンジ色の実をこちらに差し出してきた。

オレンジ色の実っていうか、オレンジだった！

え？　くれるの？

蟻さんを見ると、林檎の木を前足で指しながら、顎《あご》をカチカチ鳴らしている。林檎同様、育てたものが欲しいってことかな？

白いモクモクで受け取ると、結界の中に入り、キノコを家の中に入れる。そして、林檎の隣に行くと、前回と同じく白いモクモクで土を少し掘り起こした。

オレンジの皮を剥《む》く。甘酸っぱい香りに刺激され、口の中に唾《つば》がにじみ出てきた。半分に分けると片方をペロリと毒味、問題なさそうなので、一欠片《ひとかけら》口に入れる。

思ったより甘みが強くて、美味しい！

口の中に果肉とは違う異物を感じ、少々はしたないけど、ペッと吐き出した。

土の上に、種が1つ落ちた。それに白いモクモクで優しく土を被せる。さらに白いモクモクを載せ、魔力を送る。オレンジがちょっと邪魔なので、もう1つの手から白いモクモクを出して脇に置き、両手をぐうにして、下から上に持ち上げた。

「育てぇ～！」

ぐんぐんと育っていき、オレンジの実を沢山つけ始める。

おお、いいねぇ～

育ったオレンジと、ついでに林檎もいくつか渡してあげると、蟻さんたちは大喜びで帰っていった。

さて、次は何をするかな？

食料庫を作るかな？　そうなると、まずは建材の確保か……。

キノコ栽培のためにもカットした木は必要だから、多めに調達《ちょうたつ》する必要があるけど……。

そうだ！　まずは家の裏側の木を伐採しよう！　この家は南を正面にしているので、北側ってことだ。北側を伐採して木材を確保し、食料庫を作る。空いたスペース分結界を広げて国土を拡張、さらにその場所でキノコを作る。日当たりは良くないけど、キノコってイメージ的に陰になっているところの方が育ちやすい気がするから問題ないはず。

うん、悪くない！　それで行こう！

余った材木で、薪を準備するのもいいかも。白いモクモクがあるから、そこまでは必要ないと思うけど念のためだ。頑張ろう！

家の裏側まで移動すると、森の中に入る。

北側で、木が乱立しているためか、薄暗くてジメジメしている。

新国境線とする辺りまで移動する。取りあえず、我が家1軒分、広げようかな？　前世だと1人で行うには厳しい拡張工事だが、この世界には白いモクモクという便利なものがある。

直径1メートルほどの大木を前に、肩幅ぐらい足を広げて立つ。白いモクモクを右手から出すと、細長く変形させる。長さは3メートル、イメージは刀と言うには巨大すぎる日本刀だ！　刃を鋭く形作る。これを斜めに振り下ろして、伐採していこうって寸法《すんぽう》だ。前世では女子中学生どころか、成人男性でも不可能な一刀両断《いっとうりょうだん》だけど、今世では案外簡単にできてしまう。

異世界故か、白いモクモクの優秀さか、フェンリル《ママ》式修行の成果か、よく分からないけど、森の中に住む上では、非常にありがたい。

モクモク製日本刀を振り上げ、一気に切り下ろす。白いモクモク刀で両断した箇所がズズっとズレていくので、家と反対側に倒れるように手のひらで押した。この一押しがないと逆に倒れることがある。

狙い通りの方向に傾いていき、他の大木を巻き込みながら倒れた。

これが正しいやり方かは、正直定かではない。でも、色々試してみてこれが一番楽なのだ。

うん、行ける行ける！

コツとしては、刀身に魔力をこれでもかってぐらい送り、カチカチに固めることだ。これをすると、白いモクモクは凝固《ぎょうこ》し、さらに重量を持つ。その重みを生かして切りつければ、大木どころか岩も両断できるようになる。

これを編み出したのは、実はわたしなのだ。

初めて見せた時は、ママも目を丸くしていた。そして、笑いながら『あなたは変わったことをするわね』と褒めてるのか貶《けな》してるのかよく分からないことを言ってた。

因みに、モクモク剣は家族中では流行らなかった。フェンリル《ママ》たちにはモクモク剣より強力な爪があるから当たり前か。

いや、そんなことよりも伐採だ。

まずは切り倒しまくる。切って切って切りまくる！　切り株も、白いモクモクを根っこ付近に細い紐《ひも》のように絡ませ、それを束《たば》にして持ち、背負い投げの要領で引っこ抜いた。抜けた根から落ちた土を被って、最悪だったけど我慢《がまん》した。

そして、1時間ほどで完了した。本数は12本ほど、ちょっと疲れた。だけど、枝を切ったり、切り分けたりと色々やることはある。地味に大変だ……。

頑張るぞぉ～

もう1時間かけて、完了！　丸太が12本になった！

……で？　なんとなく、やっている途中で分かってたことなんだけど……。

わたし、食料庫なんて作れないや。そもそも、釘《くぎ》すらない状態でどうすればいいの？

あれ？　Ｗｅｂ小説《一般的》な主人公ってどうしてたっけ？

……どうしてたっけ⁉

朝！　曇り！

朝ご飯を食べて、外に飛び出た。

『クマ肉ばかりじゃなく、野菜も食べたぁぁぁい！』

うわぉぉぉん！　と吠えた。

だって、朝昼晩とクマ肉に果物、キノコの組み合わせだ。流石に飽きる。薬草《ハーブ》は味付けにはいいけど、それ単体はちょっとキツかった。

ママの洞窟《家》では、エルフのお姉さんが持ってきてくれたり、ママが育ててくれたりした野菜をなんやかんや食べていたから、なお思う。

せめて、あれらの種があれば育てられるのに……。

森の中を、もう一度探してみようかな？　それともやはり、人間の町に再挑戦かな？

悩ましいなぁ。

などと考えていると、何かが家《国》に近づいてくる気配を感じた。視線を向けると、蟻さんたちだった。結界の外で前足を振っている。

近寄ると、その足で何かをこちらに差し出してきた。おお～種かぁ～

どうやら蟻さんたち、林檎とオレンジで味を占めたようだ。いやまあ、こちらとしてはありがたい。3種類ほどあるようだ。なんだろう？　楽しみだ！

受け取ると振り返り、植える場所を考える。まあ、適当な場所でいいかな？　いざとなったら植え替えればいいし。まずは1つを林檎の木の近くに埋めて、植物育成魔法を使ってみた。

「育てぇ～！」

すると、にょきにょきと芽が出て、何かが育っていく。

「……なんだ、薔薇《ばら》かぁ〜」

わたしの顔と同じぐらいの、大きくて真っ赤な薔薇が咲いた。

う〜ん、凄く綺麗で良い匂いだけど、できれば食べられるものがよかったなぁ。

あ、薔薇ってジャムになるんだっけ？　まあ、次行ってみよう。

2つ目を植えて「育てぇ〜！」をすると、稲っぽい植物が生えてきた！

「え!?　お米!?」

と期待したが、何かが違う。どうやら大麦みたいだ。前世の記憶で、大麦はビタミンなんちゃらがとれるので、積極的に食べるべし、と聞いた記憶がある。

……でもどうやって？　粉にすればなんとかなるのかな？

保留の方向で。

最後の1粒《つぶ》で、「育てぇ〜！」をする。

……。うん、待望の野菜だね。皆〝大好き〟、ピーマンだった。もちろん、わたしも大……

ごにょごにょ。そんな前世のピーマン、そのものが実っていた。

緑色のそれは、20個も生《な》っていて、地面にグニャリと倒れている。

……。わたしは全ての実をもぐと、大蟻の方に持っていく。

さあ皆、お待ちかねの物《ブツ》ですよぉ〜

しかし、蟻さんたち、まさかの受け取り拒否！

前足を一生懸命、オレンジの方に向けて、あっちを寄越《よこ》せとアピールしている。

「ふざけないで！　持ってってよ！　少なくとも、半分は持ってってよ！」

醜い争いのあと、なんとか、10個のピーマンを受け取らせることに成功する。

仕方がなく、今朝方《けさがた》に再度魔法をかけて実らせたオレンジも、20個ほど渡す。

「ピーマン、そこら辺に捨てたら二度と渡さないからね！」

と釘を刺すのも忘れない。

もったいないお化けが出るからだ！

理解したのか、勢いに負けたのか、蟻さんたちはコクコクと頷き、それぞれを前足で抱えながら帰っていった。

蟻さんを見送ったあと、家の裏側に移動する。

さて、続きをやろうかな？　昨日は、あれから薪作りに精を出した。え、倉庫作りは？　って感じだろう。いや、だって、作り方なんて思いつかなかったんだもん！

Ｗｅｂ小説か何かの記憶で、釘を使わない日本建築とかなんとか読んだ記憶があるけど、当然詳細なんて分からない。その辺りを悶々《もんもん》と悩み抜き、諦めて、取りあえず薪を作ることにしたのだ。そうしている間に、何か良いアイデアが浮かんでくると思ったからだ。

薪の作成方法は簡単、白いモクモクでちょうどいいぐらいまでカットし、積んだものを同じく白いモクモクで広く覆い乾燥《かんそう》させる。そうすると、よく燃える薪さんの完成だ。

取りあえず我が家の薪置き場に入るだけ作り、それを詰め込んだ。薪作り完了！

……良いアイデアは浮かんでこなかった。

なので、もういいや！　ってふて寝をした。

で、一晩寝たあとに思ったこと。

取りあえずは木材にしておいて、国土拡張を優先しよう。それだった。

伐採した木を最大3メートルの長さになるようカットしていく。白いモクモクで覆い、魔法で熱を送りながら乾燥させる。

乾燥自体は、昨日薪で散々やったからだいぶ慣れた。雨が降ったらどうしよう。カバーとか欲しいなぁ。乾燥が終わったら、白いモクモクで持ち上げて、家の前の東側に積んでいく。異世界の木が軽いのか、それとも、フェンリル《ママ》式修行の成果か、小枝みたいな感覚で行える。

2時間ほどで全てを完了した。

あと、地面がでこぼこになってしまったので、白いモクモクを前世のグランド整備用のトンボにして、ならした。結構大変だったけど、魔力を圧縮して重くしたトンボで頑張ったら、それなりになった。

多分、前世で女子中学生のわたしは、学校のグランドをこうやって平らにしていたのだと思う。部活をやっていたのかな？　でも、浮かぶ光景では周りに人がいない。

……考えるのを止めよう。

そこまでやって、ようやく国土拡張を行うことになる。

国土っていうのは、いろんな意味合いがあるけれど、我が国でいえば、ママが張ってくれた結界、その中を意味する。微妙だけど、まあ、取りあえずそういうことにする。

家から離れるように歩いていく。現在の国土を取り囲むように、小石が並んでいるのが見える。小石は結界石だ。目を凝らすと、小石と小石の間は白色の魔力の線で繋がれている。

円を結ぶことで効力を発揮《はっき》するそれは、地面から伸びて円柱型の結界を発動させる。高さはママがジャンプして教えてくれた。前世で言うと30階建てビルぐらいかな？

よく分からないけど。

結構高いので、時々、魔鳥《まちょう》とかが結界にぶつかり落ちてきた。下のお兄ちゃんが喜んで食べてた。

石と石との間が広がりすぎると結界力が弱まったり、完全に解けてしまう。逆に言えば、円さえ結べばそれなりの広さに結界を張ることができる。ママが言うには、助走をつけての跳躍をせいぜい5、6回繰り返すぐらいとのことだ。

……。

ママって、一つの跳躍で結構な高さの山を飛び越えるような気がするけど……。

まあ、取りあえず生活圏だけ囲むって方向でいいかな？　正直、ここらの魔獣では身の危険までは感じない。はっきり言って、子供でもやっつけられる程度だと思う。

ただ、結界が不要かと言えば、そんなことはない。警戒すべきは、留守中に家の中などを荒らされることだ。ママが用意してくれた家や家具を壊されたくないし、一瞬で成長するとはいえ、育てた果物とかを持ってかれたくないので、結界は解けないようにしないといけない。

結界石を作るのはさほど難しくない。右手に魔力を集めて石を作るイメージをする。すると、わたしの手が白く輝き、手を広げると小さい石ができる。

これが、結界石だ。あとは他の石の隣に並べるだけでいい。そうしたら勝手に繋がるのだ。

因みに、わたしには簡単に摘まめるこの結界石だが、ママの眷属《けんぞく》以外は触れることができない。もしできるのであれば、ママと同等以上の魔力保持者ということになるらしい。

……何年か前に、やんちゃなドラゴンが強引に結界を崩《くず》そうとして前足が吹っ飛んでた。

怖いねぇ～

因みに、結界石を作るのは簡単だが、結界を張るのは難しい。少なくとも、わたしでは無理だ。今は、家の地下に記された結界印があるから有効だけど、これが消えたら再度張ることはできない。結界印を移動させるのも無理だ。

そこら辺り、腰を据《す》えて教えてもらおうと思っていたのに……。

突然飛ばされてしまった。

せめて、あらかじめ教えてくれていたらよかったのに！　ママの意地悪《いじわる》！

それとも、結界は強力すぎるから、一人前《いちにんまえ》の試験にならないと判断したのかな？

まあ、なんにしても仕方がない。今ある結界を広げることから始めよう！


国境を広げ、お昼を食べて一服《いっぷく》すると、ジワリと寂しさが湧いてきた。家は立派だし、住むに困らないだけのものをそろえてくれたけど、家族《皆》がいない。

たまらなくなって、外に飛び出ると、

『ママぁ～！　お兄ちゃ～ん！　お姉ちゃぁ～ん！』

と遠吠えをしてしまった。

うわぁ～おん！　と遠くまで響くものの、返事は当然ない。

寂しい。

家の前でウルウルしていると、何かが飛んでいるのに気づく。蝶々《ちょうちょう》だった。

え？　蝶々⁉

ママの結界魔法は、通常、わたしたち以外は入れない。ものが腐ったりするから、菌などは入ってくるのだとは思う。だけど、魔獣や動物も侵入《しんにゅう》することはできない。

当然、虫もである。なのに、目の前をひらひらと飛んでいる。

結界を張る前にいた？　そうなのかな？

妙に人の目を引く蝶だった。

前世のテレビで見たアゲハチョウ、それよりも三回《みまわ》りは大きく見えた。黒地に青柄《あおがら》で、どうやら昨日の薔薇が気になるようで、その辺りを旋回《せんかい》している。

……ま、いいか。別に害はなさそうだ。

それに、結界は外から入れないけど、出るのはできる。しばらくしたら出ていくだろう。

などと、考えていると、目の前にその蝶々が現れた。

「わっ！」

と思わず声を上げてしまった。

ちょっと、突然現れるのは止めて欲しい。

だが、そんなわたしの心情など気づかないのか、気にしないのか、その蝶々はわたしの眼前《がんぜん》を飛び回る。

あれ？　この子、蝶じゃない。

大きな羽の中央にある体が、虫の造形ではなく人間だった。ストレートの金髪に、白地に金《きん》刺繍《ししゅう》の入ったジャケットとズボン、胸元にはフサフサしたシャボタイ？　だっけ？　そんなのをつけている。有《あ》り体《てい》に言えば、テンプレ的な貴公子《きこうし》みたいな格好をしていた。

妖精……なのかな？

ちっちゃくて可愛いけど、態度がちょっと偉《えら》そうで、胸を張りながら何かを言っている。ただ、何を言っているのか、全然分からない。口をパクパクさせているだけのように見えた。

取りあえず、分からないことを伝えるために、欧米人がよくやるような、肩をすくめて手を広げるポーズをしてみた。

すると、頭に張りつかれたと思うと、叩かれた。しかも地味に痛い。

わたしが反射的に払うと、さらに頭に来たのか、追撃を仕掛けてくる。

「痛い！　止めて！　止めてってばぁ！」

わたしは頭を振りつつそれを避ける。しばらくすると、疲れたのか空中で停止する。それでも怒りは収まらないのか、肩で息をしつつも睨まれた。

なんなの、この子は。

わたしが困惑していると、薔薇を指さしながら、何かを喚いている。

だから、言葉が通じないんだってば！

わたしは人間の言葉と、フェンリルの言葉でそれを伝えた。何故か、片言《かたこと》の外国人みたいに

「わたしはぁ～あなたぁのぉ～こ～とばぁ～わかりませぇ～ん」みたいになってしまった。

ついでに、日本語も試そうと思ったけど……。しっかり出てこなかった。

まあ、いいけど、ちょっと寂しかった。

わたしが一生懸命に身振り手振りをしたので、妖精もなんとか察したのか、頷いてみせた。

そして、わたしの袖《そで》を掴むと、薔薇の方に連れていく。

あ～なるほど。この薔薇が欲しいのね。

正直、特に薔薇を必要としていなかった。そこまで、美味しそうには思えないしね。それに、蟻さんみたいに、ひょっとしたら何か別のものと交換してくれるのかも。

「いいよ、持っていっても」

と言いつつ、薔薇の茎を摘まんだ。棘《とげ》に注意しつつ折ろうとした瞬間、その手を叩かれた。

「痛ッ！」

と声を漏らし右手を見ると、赤くなっていた。流石に頭に来て吠えた。

『何するのよぉ！』

ワオオォン！　と吠えると、手を振るった。

右手を振るって妖精を叩き落とそうとするも、スルリと躱《かわ》された。

ムカつく！

わたしだって、フェンリルの娘、やられっぱなしじゃないんだから！

腰を落とし、うなり声を上げながら、歯茎を見せつつ威嚇《いかく》した。わたしの怒りに気づいたのか、妖精は慌てて手を振りながら何かを言っている。

だが、何を言っているのか分からない。っていうか、もういい！

『帰れ！　帰れ！』

わたしが妖精の前で両手を何度も振り下ろすと、上の方に逃げながら何かを言っている。

だが、わたしが飛び上がるためにしゃがむと、思いの外《ほか》早い速度で逃げていった。

一体なんなのあいつは！

わたしは怒りを乗せた遠吠えを一つ、上げた。


わたしはプリプリ怒りつつも、木を切る。

元々開けていた表と、家の裏手だけが広くなってしまい、バランスが悪いと感じたからだ。

今は家の西側を少し広げようとしている。まあ、取りあえずは少しだけだ。

すると、視界の端に例の妖精が飛んでくるのが見えた。しかも、仲間を連れてきたらしく、

10人ほどで飛んでいる。

おのれ……。誇り高きフェンリルの娘が、その程度の数に臆するとでも思ったか！

わたしは日本刀にしていた白いモクモクを、巨大な虫取り網のような形にする。

引っ捕まえて、分からせてやる！

わたしは白い虫取り網をブンブン振りながら、悠然《ゆうぜん》と奴らの方に向かっていった。だが、前に出てきたのは例の貴公子型妖精ではなく、高貴な姫様な感じの妖精だった。

緑色の艶やかな長い髪に白い肌、黄緑色のシンプルなドレスにすらりと長い足をしている。

その背に広がる羽は、黄金色《こがねいろ》の地に見覚えのない、でも、美しい白柄の模様が描かれていた。

体は例の貴公子より小柄なのに、羽は彼らより一回り大きい。そんな高貴そうで愛らしい妖精の姫ちゃんが、わたしに向かってペコペコと頭を下げてきた。そして、なにやら言いつつ、パッチリ大きい目を潤ませながら申し訳なさそうにこちらを見上げてくる。

可愛い。許す！

わたしは取りあえず虫取り網を消し、話を聞く態勢になった。

その妖精の姫ちゃんは身振り手振りしながら、何かを一生懸命伝えようとする。

……。

やっぱり、何を言っているか分からない。

腕を組み、眉を寄せて、大きく首を曲げていると、妖精の姫ちゃんは指をさしながら、薔薇の元に向かう。わたしがそれについていくと、妖精の姫ちゃんは薔薇の上で旋回しながら、一生懸命訴えかけてくる。

……皆でここに住みたいってことかな？

まあ、小さいし、妖精の姫ちゃん——名付けて妖精姫ちゃんは可愛いし、構わないかな。

わたしが頷いてみせると、妖精姫ちゃんはパァァっと表情を明るくした。

可愛い！　前世で、フィギュアとして売っていたら絶対買う！

ほんわかとしていると、例の貴公子妖精が近づいてきて、何やら偉そうに言っている。

貴公子妖精《これ》は……偉いのかな？

多分、それ以上に妖精姫ちゃんは別格だと思われる。

妖精姫ちゃんを守るように飛んでいる妖精は8人いるんだけど、彼ら（？）はイギリスの近《この》衛騎士《えきし》？　近衛兵士？　の上着が紺色バージョンというか、そんな格好をしている。頭にも例の黒のモコモコした帽子を被っていた。

だから、妖精姫ちゃんと貴公子妖精——いや、こいつは悪そうだから悪役妖精と名付けよう——は別格で、あとは護衛《ごえい》と考えるのが自然かな？

……ま、わたしには関係ないけどね。

わたしは、白いモクモク製虫取り網を一瞬で作り、生意気な悪役妖精に被せて地面に落とした。何やら暴《あば》れているけど、網状になった白いモクモクは絡まるので脱出できないでいる。

妖精姫ちゃんが何やら一生懸命謝っているけど、知らぬ。

わたしは冷めた一瞥《いちべつ》をくれてから、伐採の作業に戻ったのだった。


「さてと」

とわたしは腕をまくり、領土拡張の続きを始める。

因みに、生意気悪役妖精は、妖精姫ちゃんたちの熱心な懇願《こんがん》を受けて、仕方なく解放した。アホのために、腕一つ分の白いモクモクを取られるのはもったいないしね。何やら、喚いていたけど、もう一度虫取り網を出したら逃げていった。

全くもう。

彼らは今、薔薇の上を旋回したり、その根元を調べたりしている。何してるのかよく分からないけど、言葉が聞こえないし、そのままにした。

……ふ～

西と東、5本ずつ切り倒し、その分、領土拡張を終えた。まだ北と南に広がってはいるけど、それでも多少はバランスが取れたと思う。取りあえず、よしとしておいた。

というよりも、これ以上の伐採は……。

西側を見ると、木材が山となって積まれていた。……無駄に、丸太ばかり増えちゃった。

……。

これが、大人の男の人であったら、倉庫だったり、家の拡張だったり、バリバリやるんだろうなぁ～

でも、わたしの前世は多分、女子中学生止まり——とてもじゃないけど、無理だ。

町に持っていって、加工してもらおうかな？

でも、あの門番さんがいるしな……。でも、いつかは町に行かないといけないと思うし……。

でもでもでも……。あぁ～止め止め！　別のことをしよう！

そういえば、山葡萄があった。

それを増やそう、そうしよう！

家から、昨日の夜に取り出しておいた山葡萄の種を持ってくる。

場所は……家の正面、やや東よりにしようかな？

いくらか掘り起こしたあと、数粒、少し間隔を開けて埋める。そうそう、山葡萄は蔓なので添え木が必要だった。伐採時に出た枝の何本かを、白いモクモクのナイフバージョンで整えると地面に差す。倒れないようにかなり深く差したけど、風が吹いたら倒れそう。

あ、四方に差して、繋げば倒れにくいかな。問題は……結ぼうにも紐がないことだ。

森の中から蔓でも探してこようかな……。いや、まあ、取りあえずはこれでいいか。

簡単に作った山葡萄畑の上を白いモクモクで覆う。

「育てぇ～！」

ムクムクと芽が出て、すぐに蔓になる。それを添え木に引っかける。

あ、もう実が生った。正直、すぐに実るから、添え木とかいらないかもしれない。

などと考えつつ、プックリ膨《ふく》らんだ紫色の実を収穫《しゅうかく》する。現状、袋も籠もないので、スカートを左手で摘まみ上げ、その上に載せて運ぶことにした。

あ、山葡萄の蔓とかで籠とか作れないかな？　あとで試してみよう。

家の中に入り、リビングのテーブルの上に、転がり落ちないように慎重に置く。

そして、1粒摘まんで食べる。

……酸っぱい。微かに甘いけど……ジャムとかにしたいなぁ。

でも砂糖がないし。う～ん。

などと考えつつ外に出ると、何故か山葡萄の畑の上に移動した妖精姫ちゃんたちに、ガン見された。

？　え、なに？

妖精姫ちゃんが何やら慌てて近衛兵士妖精君に指示を出していて、何人かが凄い勢いで結界の外に出ていった。

なんだろう？　少し気になったけど、どのみち言葉が通じないので聞きようがない。

取りあえず、全ての山葡萄を家に運ぼう。３往復ぐらいして蔓も回収し終えた頃に、妖精姫ちゃんが飛んできた。そして、セーラー服の袖をクイクイ引っ張り出した。

え？　なに？　ついてきてってこと？

妖精姫ちゃんは、家の裏側の開けた場所にわたしを連れていった。わたしが平らにした空き地の中央に、何やら棒らしきものが刺さっている。

棒、というより枝かな？

がらんとした場所のど真ん中に、ぽつんと刺さっているのはちょっとシュールだった。

え？　どうしたの？

妖精姫ちゃんが何やら一生懸命に伝えようとしている。

え？　成長させるの？　挿し木ってことかな？

……まあ、いいけど。

白いモクモクを枝に被せる。

「育てぇ～！」

すると、ムクムク成長していく。ムクムクと……いや、成長しすぎじゃない!?

後ろに飛びのきながら焦《あせ》っていると、妖精姫ちゃんたちがその木に取りついた。

え？　なに？　何故か光った！　きゃ!?

眩《まぶ》しくて、目を瞑《つぶ》ってしまった。

しばらくして、恐る恐る目を開けると、驚くほど巨大な大木《たいぼく》が鎮座《ちんざ》していた。

嘘でしょう!?

明らかにわたしの家がすっぽり入りそうな大きさだ。高さは10階建てのビルぐらいはある。

大きく枝葉《えだは》が広がっているから、わたしの家を完全に覆っていた。

ちょっと、何よこれぇぇぇ！

大木の中ほどには樹洞《じゅどう》？　だっけ？

とにかく、大きな穴が開いていて、妖精姫ちゃんたちが入っていく。気になり、白いモクモクを手から出すと、樹洞近くの枝に紐のように放る。

引っかけると枝を掴み、白いモクモクを短くすると、わたしの体が上がっていく。枝に着くと逆上《さかあ》がりの要領で回り、足をかけた。そしてジャンプすると、樹洞の縁に着地した。

そこは広い空洞だった。

がらんとしているが、奥にキラキラ光る何かがあり、それを囲むように妖精姫ちゃんたちが立っていた。

何やってるんだろう?

近づくと、妖精姫ちゃんが目を閉じて何やら唱えているらしく、口をパクパクさせていた。

そして、手を前に突き出して、何か叫んだ——ようだった。

すると、妖精姫ちゃんを囲うように木が盛り上がり始める。わたしが目を見開いて固まっている前で、木がうねり、徐々に宮殿のような形に変化していく。

わたしの足元まで変化してきたので慌てて離れると、あれよあれよという間に、木製のヨーロッパ風の神殿が出来上がった。木製なので木目が見え、小さいのでミニチュア感はあるけど、想像以上に立派なものだった。

わたしが恐る恐る眺めていると、満面の笑みの妖精姫ちゃんが神殿から出てきて、わたしの顔にくっついてきた。

そして、嬉しそうに頬ずりをしてくる。

うん、よく分からないけど、よかったね……。

3章　人間が恋しい……。

4日目の朝が来た！　今日も晴天なり。

家から出て、振り返る。でっかい木がやっぱりある……。夢じゃなかった。

……。

ま、いっか！

昨日、大木から下りて調べてみると、この木のために結界石が押し出されて、危うく結界が解けるところだった。慌てて応急処置はしたけど、今日はそれを整えることにする。

……。

一通り見渡し、危なそうなところに結界石を継ぎ足していると、こちらに近づいてくる気配を感じた。あ、蟻さんまた来てる。わたしは急いで〝ある場所〟に向かう。そして、手早くスカートの上に収穫すると、〝それ〟を笑顔で蟻さんたちに持っていってあげた。

「さあどうぞ、持っていって！」

それは大っきく育ったピーマンだ。全部収穫したはずなのに、何故か今朝実っていたのだ。

蟻さんは何やら手を振ったり、オレンジや林檎を前足で指しているが、それをグイグイと押しつける。すると諦めたのか、どことなく項垂れた感じで1匹が受け取ってくれた。

よし！

わたしが満足していると、蟻さんの1匹が昨日と同じく種を3粒ほど渡してきた。

ふむ、今度は何かな？　スマホゲームの〝がちゃ〟みたいで、なんだか楽しくなってきた。

確かわたし、前世でおばさんに貰ったお古のスマホで、無料のゲームをしていたんだよね。

図書館にただで通信できる場所があって、結構熱心にやっていた。そのゲーム、毎日1回できる〝無料がちゃ〟があり、ワクワクしながら、ボタンを押していたのを覚えている。

確か、課金《かきん》しないと勝てない敵がいて、嫌になってほぼやらなくなったんだけど……。〝がちゃ〟だけはなんとなく、続けてしてたんだよなぁ。

なんて思い出しつつ、薔薇の近くに種を植えようとすると、妖精姫ちゃんが飛んできて何やらわたしの袖を引っ張り出した。

え？　もっと、離れた場所に植えて欲しい？　なんで？

何やら必死だったし、別段こだわりはないから、少し離れた場所に植えることにする。

え？　もっと向こう？　仕方がないなぁ。

取りあえず、小屋の西側には山葡萄があるので、東側に植えることにする。大蟻の皆はわたしの移動に合わせて結界沿いを歩いている。

その抱えているピーマン、食べちゃっていいよ？

わたしは軽く穴を掘ると、１つ目の種を植える。これ、なんか見たことがある気がする。なんだったっけな？　取りあえず、植物育成魔法を使う。

「育てぇ～！」

ムクムクと育っていき……あ、倒れちゃう。慌てて白いモクモクで支えた。

あ、これソラマメだ！

茎から伸びたサヤが、中にある大粒の豆の形にプクリと膨らんでいる。野菜不足の我が国《家》にとっては、当たりと言っていいだろう。

……蟻さんをちらりと見たら、オレンジや林檎を前足で指していた。

なるほど、自分たちにとっては微妙でも、わたしが喜ぶと思って持ってきたってことか。

なかなか、賢いなぁ。

支柱を立てて、山葡萄の蔓で縛り、倒れないようにしておく。それが終わったら林檎を５つほど取って、蟻さんにあげた。ついでに、ソラマメもサヤで10本ほど渡してあげた。

ソラマメは不要と身振りで示していたけど、好き嫌いは駄目だよねってことで、無理矢理渡した。蟻さんは渋々《しぶしぶ》といった感じで受け取っていた。

これも、蟻さんたちの健康のためなのだ。そこまで考えてあげるわたし、優しい！

さて、次は何かな？

……。

残り2つは微妙だった。

1つは種の時点で察した。向日葵《ひまわり》だ。黄色い太陽のような花を咲かせた。妖精姫ちゃんたちが喜ぶかと視線を向けたけど、チラチラとは見るものの薔薇とかの方が良いようで、移動するまでには至らなかった。

あ、でも種は食べられるんだっけ。

種ができるぐらいまで植物育成魔法を続けた。うむ、花を枯《か》らして大量の種をゲットした。蟻さんたちと半分こした。美味しかったら、沢山作ろう。

最後の1つは……よく分からなかった。

なんの変哲《へんてつ》もない木だった。7メートルぐらいにはなるかな？　ママの洞窟近辺や、この辺りでも見覚えはない。木の実とかは……ない。

え？　何これ？

蟻さんに視線を向けると、いらないものと判断したのか、前足を振ったあと、去っていった。

……ちょっとぉ！

とはいえ、SRソラマメとR向日葵と言ったところか。前世のスマホゲームの渋さを考えれば、よしとしよう。

ん？　気配を感じ視線を向けると、森の奥から妖精ちゃんが集団で飛んでくるのが見えた。50人はいるかな？

先頭に近衛兵士妖精君たちがいるけど、他は昨日、見かけなかった子ばかりだ。

妖精姫ちゃんや近衛兵士妖精君とは違い、ワンピースとか、シャツにズボンといったシンプルな服を着ていて、一様に何か袋を担《かつ》いだりしてる。

何より羽が、モンシロチョウよりちょっと大きいぐらいでしかない。あ、よく見たら飛んでいる子だけではなく、草をかき分けながら歩いている子もいた。

あの子たちも妖精かな？

子たちといっても、中にはひげの長いおじいさんとかも混ざっている。

妖精ちゃんたちも年を取るのかな？

そんな彼らは、皆、こちらに向かってきて……結界に激突した⁉

「大丈夫？」

心配して駆け寄ると、皆、額《ひたい》を押さえて痛がっている。近衛兵士妖精君たちは結界にぶつからなかったから無事で、慌てて近寄っている。わたしもしゃがんで、転がった子たちを助け起こそうとしたけど、何やらビクッッっと震えて怖がり始めたので、手を止めた。

えぇ～怖くないよ？

肩の上に何か止まったと思ったら、妖精姫ちゃんだった。

姫ちゃんは皆に何かを言っている。終わると、こちらを向いて身振り手振りをする。

え？　この子たちを中に入れるの？

結界の中に入るには、方法が3つある。

1つ目は結界を張った者、つまりママの眷属になる。

2つ目は、ママの眷属が手を取って中に招き入れる。

3つ目は、ママの眷属が作った結界石を受け取り、それを持って中に入る。

他にも、何か言っていた気がするけど……。なんだったっけ？　忘れちゃった。

今回の場合は2つ目かな。

わたしは一般妖精ちゃん（仮名）に両手を差し出した。妖精姫ちゃんに言われたのか、何人かの一般妖精ちゃんたちが恐る恐る手の上に乗ってくる。

なんか、プルプル震えていて、申し訳ないけど可愛い！

彼女たちを静かに結界の中に入れてあげた。

結界の手前でぎゅっと目を閉じていた一般妖精ちゃんたちは、すんなり入ることができて、驚いたようにキョロキョロしている。

可愛い！

彼女たちが飛び立ったので、他の子たちも同じように中に入れてあげる。もちろん、下にいる子たちもだ。ついでに荷物も結界内に入れてあげた。

皆嬉しそうに飛び回り、幾人かがわたしの頬にチュッとして、大木の方に飛んでいった。

……うん、これ、ひょっとして、あの子たちもここに住み着くってことかな？

妖精姫ちゃんに視線を向ける。意味が通じたのか、妖精姫ちゃんは上目遣《うわめづか》いに「いいでしょう？」って顔を向けてきた。

あざとい！　だが、そこがいい！

わたしは、妖精姫ちゃんの頬を軽く突っつくと、結界を広げる仕事に戻った。


お昼ご飯として焼いた、お肉（クマ）とソラマメを食べながら思った。

「人間が恋しい……」

人間……というか、コミュニケーションが取れる存在が恋しい。家の中での食事はがらんとしていて寂しい。

あれから、妖精姫ちゃんの仲間がいっぱい集まってきて、ワイワイ楽しそうにしているのを見ると、その気持ちが強くなる。わたしも交ざりたいんだけど、言葉が通じないんだよねぇ。

……もう一度、町に行ってみようかな？

中に入るのは、あの門番さんがいるから無理だけど、周りにいる人に声をかけてみるとか。

わたしはさっと片づけると、出発準備をする。

といっても、帽子（耳付き）にベルト（尻尾付き）だ。姿見で改めてみる。13歳だからまだ許される？　許されない？　もうちょっと、いいかな？

家を出ると、妖精姫ちゃんが昨日切った丸太の上を飛んでいた。もちろん、お供《とも》も一緒だ。

「ちょっと行ってくるね！」

と手を振ると、気づいた妖精姫ちゃんがにっこり微笑んで手を振り返してくれた。

可愛い！

「よし、しゅっぱぁぁつ！」

最初は軽く、徐々に加速！　森の木々が凄い勢いで横に流れる。

前世は多分、走るのが苦手だったと思うけど、今は結構好きだ。ママにしごかれたお陰で、かなり速く走ることができるからね。

もちろん、ママやお兄ちゃんたちには敵《かな》わないけど、加速すれば1回地面を蹴るだけでしばらく空中にいればいい。

この爽快感《そうかい》は本当にたまらない！

「ひゃっほ〜っ！」

途中、木の幹を壁蹴りしながら進んでいく。調子に乗って上へ上へと跳ね上がり、枝でのんびりしていた猿君《さる》にびっくりされた。ちょっと冷静になった。驚かせてごめんね。

地面に戻ると、弱《じゃく》クマさんがいた。わたしに気づき、何やら立ち上がって「ぐぁぁぁ！」とか言っている。今は無視、先を急ぐ。その横をすり抜けた。前世のクマとは違い、足が遅いんだよね、弱クマさんは。後ろの方で何やら言っているけど、すぐに聞こえなくなった。

木々の隙間を駆けていると、川が見える。岩の影を縫うように、魚影《ぎょえい》が走った。

魚……食べたいかも。まあ、今度でいいかな？

飛び越えると、そのまま駆ける。森を抜けると、草原になる。

草食系の魔獣たちがビクっと震えて、こちらを見てきた。小柄な鹿さんや馬さん、あと、猪《いのしし》さんなんかもいる。でもまあ、お肉は間に合っているので、そのまま無視して進む。

しばらくすると景色が林になった。強い魔獣の気配はない。木々をすり抜け、進む。

ん？　奥で〝何か〟の気配を感じた。

止まると、近くの木に登った。戦闘音、かな？　男の人が吠えるような声が聞こえる。

枝を渡りながら慎重に進むと、男女３人が弱クマさんと戦っていた。男の人が２人、剣を持ち前に出て、杖《つえ》を持った女の人がサポートをしているようだった。

狩りをしてるのかな？　弱クマさんは弱いくせに美味しいもんね。

……ん？

あれ？　ひょっとして、狩りではない？　よく見ると、３人とも、顔が真っ青だった。

「なんで、なんで〝森の悪魔〟がこんなところにいるんだよぉぉ！」

大剣《たいけん》を握《にぎ》る男の人が、悲鳴混じりの声で叫んでいた。がっちりした金属の鎧《よろい》を着てるのに、ちょっと情けない。後ろの黒色ローブを羽織《はお》った女の人も、杖にしがみつき、体を強《こわ》ばらせていた。フードからこぼれ出たウェーブのかかった薄金色の髪が、恐怖のためか揺れていた。

あ、弱クマさんが金属鎧の人に前足の一撃を振るう。男の人は避けきれず、

「うわぁ！」

とか声を上げながら腕を押さえた。金属製の籠手《こて》が裂け、腕が赤く染まり始めている。

痛そう！

……にしても、あの人たち弱いなぁ。本とかに出てくる冒険者っぽい格好をしてるけど、弱クマさんに手こずるなんて、新人さんかな？

助けてあげた方がいいのかな？

なんて思っていると、金属鎧の人の前に、傷ついていない方の男の人が、両刃《りょうば》の長剣を必死に振りつつ出てきた。

革《かわ》製の胸当てに金属製の籠手をつけていて、金属鎧の人よりは身軽そうだ。欧州系の顔だけ

ど、日焼けのためか、褐色《かっしょく》の肌をしている。茶色い瞳の目は気の強そうな力強さがあった。その上、焦げ茶色の髪を短髪にしているので、どことなく前世の、ちょっとやんちゃなスポーツ部の先輩って雰囲気があった。

そんな、やんちゃ先輩系冒険者さんが、表情をキリッとさせながら叫ぶ。

「ここは俺に任せて、2人で逃げろ！　マーク、アナを任せた！　俺の代わりに、守ってやってくれ！」

おお、格好いい！　ちょっと感動した！

わたしは女の人の方に視線を向ける。傷ついた金属鎧の男の人（マークさん？）とローブを着た女の人（アナさん？）が熱っぽく見つめ合っていた。

「アナ、お前だけでも逃げてくれ！」

「無理よマーク！〝森の悪魔〟は誰1人逃がさない。わたし、わたし、こんな時だけど、言うわ！　あなたのことが、好きなの！」

「っ⁉　俺もだ！」

抱き合う2人、もう1人の男の人がそれに気づき、嘘だろう⁉　って顔で硬直している。

……余裕あるなぁ～この人たち。

わたしは枝から幹に足を置き換え、壁蹴りの要領で飛ぶ。

愛し合う2人に硬直する男の人、その頭に前足を振り下ろそうとしている弱クマさんの、後頭部を蹴り砕いた。

「危ないところを助けてくれてありがとう。本当に助かった」

3人はそろって頭を下げる。

近くで見ると、3人とも思った以上に若かった。10代後半ぐらいかな？　前世で言えば高校生のお兄さん、お姉さんって感じだ。

「気にしないで、あれぐらい大したことないから」

と答えつつ、わたしは弱クマさんの血抜きを始める。白いモクモクを発動させ足に引っかけ、逆さ吊りにする。持ち上げきると、首をスパッと切り落とした。

視線を戻すと、何故か3人とも目を丸くしている。

ん？　どうしたんだろう？　〝俺に任せて～〟の男の人が何か言いたそうにして、それを飲み込んだ様子で、話し始めた。

「俺の名はライアン、冒険者だ。赤鷲《あかわし》の団の団長でもある。この2人は団員のマークとアナだ」

赤鷲の団団長のライアンさんは2人に視線を向け、ちょっと傷ついた顔をする。

うん、なんか2人の距離が近いもんね。

手、繋いでるし。時々、微笑み合ってるし。

咳払《せきばら》いが聞こえ、視線を戻すとライアンさんが、「お前の名前は？」と訊ねてくる。

「わたしの名は――」

そこまで言って気づく。今世、初めての名乗りだと。

「〝　　　〟っていうの」

ちょっと照れながら言うも、ライアンさんは不思議そうに聞き返してくる。

「え？　今なんて言った？」

「だから、〝　　　〟だって！」

だけど、ライアンさんは、「え？　なんだって？」と困惑顔で言う。

ライアンさんだけかと思ったけど、他の２人も同じく首を傾げている。

ん？　どういうこと？

……あ、ひょっとしてフェンリル語の発音だから、聞き取りにくいのかも。

なんとか、人間の言葉で伝えようと色々試したけど、やっぱり、聞き取ってもらえず、最終的には愛称ということでサリーとすることにした。

そんなに難しい名前じゃないと思うけどなぁ。

少し不満に思いつつも、「ちょっと解体する」と断りを入れ、白いモクモクを発現させる。

刃物状にして手早く解体していく。内臓系は今回も廃棄する。

「あの～　サリーちゃん？」

ローブを着た女の人、アナさんが訊ねてくる。

「その、白いのって魔術か何かなの？」

「ママは魔法って言ってた」

「ま、魔法⁉　え、どうやってるの⁉」

「どうやってるのって……」

わたしは処理をしながら説明した。そういえばと思い出し、怪我をしたマークさんの腕の傷を白いモクモクで包んで治してあげたり、弱クマさんの血を流すためにモクモクから水を出したりしていたら、アナさんは、

「訳が分からない！」

と頭を抱えてしまった。ただ、わたし自身よく分かっていないので説明のしようがない。

ママから習ったと教えてあげると、「サリーちゃんのママに会いたい！」とか言い出した。

それは流石に無理、っていうか、わたしが会いたい。

そんな風に答えたら、訳ありと勘違いしたらしく「何かあったら力になる」と言ってくれた。

それは嬉しいかも。

一通りの解体が終わると、お昼休憩《きゅうけい》がてら、話をすることに。

そこで、クッキーを貰った！　現世で初のクッキーだ！

携帯食だからパサパサしていていまいちだけど、ちょっと感動した。

わたしは獲ったばかりのクマ肉をご馳走《ちそう》してあげた。解凍する手順に驚かれたり、呆れられたりしたけど、白いモクモクを鉄板のように使い、ステーキにしてあげたら喜んでくれた。味付けは岩塩だけだったけど、弱クマさんは美味しいんだよね。

食後、一服してから団長のライアンさんに、わたしのことを聞かれた。

「ずいぶん変わった格好をしているし、あそこまで強いんだから有名になりそうなものだが、俺はお前を知らなかった。ひょっとして、よその町から来たのか？」

だから、この先にある森に住んでいると教えてあげたら、３人とも驚いていた。

マークさんが目を見開き、叫ぶように言う。

「おいおい、この奥は、上級冒険者でも入らない危険な場所だぞ！　人が住めるのか!?」

……そんなに危険な場所かな？　あ、山を越えると確かに危ないかも。

だから、そのことを教えてあげた。あの山の手前は、せいぜい弱クマさんぐらいしかいないって。でも、３人は微妙な顔をした。そして、皆してボソボソと話し出す。

「弱クマって〝森の悪魔〟か？」

「い、いや、あんなのがいるだけで人は住めないでしょう？」

「でも、この子、蹴りの一撃で倒してるから」

え、本当に弱いよ？

他にも色々話が聞けた。この国は帝国だということ。貴族はクズが多いこと。

平民は貧乏で、継ぐもののない者が成り上がるには冒険者になるしかないこと。

赤鷲の団はその中で、新進気鋭《しんしんきえい》の冒険者集団とのこと。

「弱クマさんにやられそうになっておきながら？」

とジト目で見ると、ライアンさんは一生懸命に弁明《べんめい》した。

「あのクマは弱くない！　正騎士や魔術師が20人がかりでやっと倒せる相手だ！」

……まあ、そういうことにしておいてあげよう。わたしが生温かい目になると、ライアンさんは「本当なんだってばぁ」と落ち込みだした。

分かったたって！

ライアンさんから、「今から町に行くか？」って訊ねられた。入場料がないって言ったら、助けてくれたお礼に払ってやるって言う。

町かぁ～　行ってみたい気持ちもあるけど、例の門番さんがちょっと怖い。それを我慢してまで、町に入る動機もない。だから、丁重《ていちょう》にお断りをした。

え？　お礼？　気にしなくてもいいのに……。

でも、あえて言えば……。

「野菜とかの種が欲しい！　あと、種芋《たねいも》とか」

赤鷲の団の皆が不可解な顔をした。ライアンさんが代表して訊いてくる。

「農業でもするのか？」

そこで、種さえあればすぐに育てられる魔法のことを説明した。３人とも目を丸くする。そんなに珍しいのかな？　ライアンさんが苦笑しながら言う。

「サリー、植物育成魔法《それ》は公言しない方がいいぞ。たちの悪い商人や貴族に絡まれるからな」

あ、そういえばママがそんなことを言っていた！

わたしが慌てて口を押さえると、ライアンさんが笑いながら「これから気をつけろ」とわたしの頭を撫でてきた。そこで、ふと思いついたように自分の袋をあさり始める。そして、小袋を取り出すとわたしに差し出してきた。

「これはコショウの種だ。今回の礼にこれをやろう」

「コショウ！　本当に!?」

わたしは袋を受け取ると、中を覗いてみた。茶色っぽい種が３粒ほど入っている。

以前、エルフのお姉さんに貰ったものと同じだ。マークさんが慌てた感じで言う。

「お、おい団長！　それ、無茶苦茶高いんだろう⁉　いいのか？」

アナさんも目を丸くしている。それに対して、ライアンさんは豪快に笑う。

「そりゃそうだけど、命に比べりゃ安いものだ！　それに、高いって言っても貰いものだし、何より、ここら辺じゃあ育たないしな。サリーの魔法なら育てられるんじゃないのか？」

「やってみる！」

と気合いを入れて言うと、ライアンさんはハハハっと笑った。

それから、弱クマさんの素材は高く売れるらしいので、渡しておいた。そのお金で種を色々買ってきてもらうことになった。

受け取りは明後日の朝、町の門から少し行った辺りで待ち合わせとなった。

一瞬、そのまま持っていっちゃうかな？　なんて思ったけど、所詮《しょせん》、弱クマさんの素材、その時は授業料だと思って諦めることにした。

「あ、体を拭いたりする布が欲しいな。あと、大中小いろんな種類の袋も買ってきて欲しいなぁ。背負える籠とかがあれば、それも欲しい！」

そう頼むと、アナさんが、任せておいて、と胸を叩いて請け負ってくれた。

……胸、密かに大きいね。形が変わったそれを、男2人が食い入るように見ている。

団長さん、何やら悔しそう。男の人って本当に、しょうもない！

因みにわたしのは……。将来に期待って感じだ。

持って帰るのも面倒だったので、爪や牙などの素材だけではなく、お昼に食べた分以外の肉も、３人にあげることにした。だけど、どうも鍛《きた》え方が足りないのか、良い部位のみ選別したにもかかわらず、袋詰めにしたそれを担ぐ足取りは、とてもおぼつかなかった。

重い、重い、とうるさかったので、わたしが持ってあげようか？　って言ったら拒否された。

男の沽券《こけん》に関わるらしい。さようですか……。

でも、こんな状態で魔獣に襲われたら大変なので、町の門までついていってあげた。

すると、例の怖い門番さんがまた立っていて、わたしを見ると何かを言おうとした。

怖い！

「じゃあこれで！」

と叫びながら、ダッシュでその場から退散した。

家に帰ると、妖精ちゃんたちが何故か殺到してきた。

何事!?　言われるままついていくと、え!?　わたしの家の隣に小屋ができていた。

妖精姫ちゃんが何やら身振り手振りをする。

え!?　作ってくれたの!?

昨日切り出した木材を勝手に使ってごめんなさい？

それは全然構わないけど、え⁉　妖精ちゃん、そんなに小さくてよく作れたね。中は8畳ぐらいの、前世の自動車すら収納できる広さがある。物置としてなら、十分に使えるだろう。

感心していると、何人かの妖精ちゃんがわたしの前に立ち、自慢げに胸を反らした。皆、羽がない代わりに一回り大きく、体長の半分ぐらいはありそうな木槌《きづち》を抱えていた。

その中の1人がずいっと前に出て、任せろと言わんばかりに胸を叩いた。三角帽子を被り、口ひげ、顎ひげ共に灰色で長い、おじいちゃんな妖精さんだった。

頼もしい！

わたしはそんな物作りな妖精のおじいちゃんに、棚《たな》とかをお願いしておいた。そこに、妖精姫ちゃんが供回りを連れて近寄ってくる。お供の妖精ちゃんは、それぞれ種を持っていた。

え？　ああ、それを育てればいいのね。もちろん、構わないよ。

え？　花壇《かだん》エリアを作りたいと。場所も決めた？

……そこは、一番、日当たりの良さそうなところなんだけど……。いや、ものを作ってくれるんだから、仕方がない！　綺麗な花を咲かせましょう！

ついでに、最初に育てた薔薇も移してあげた。妖精姫ちゃんがくるくる飛び回り、大喜びしてた。

可愛い！

朝、起きた！　晴天なり。

わたしは家から一歩出ると、国歌と共に、国舞を披露する！

……飛び回ってた妖精ちゃんたちから、不思議なモノを見る目で見られた。

妖精ちゃんたちには国歌とかないのかな？　なんなら、作ってあげようかな？

そんなことを考えていると、悪役妖精が近寄ってきて、何故か鼻で笑われた。カチンと来たので、白いモクモクの虫網を右手に出す。凄い勢いで逃げていった。

ふん！　あんなのに構ってなんていられないわ！

昨日頂いた種で、早速《さっそく》、コショウを育てますか。実はコショウを育てるのは初めてではない。エルフのお姉さんから頼まれて、育てたことがあるのだ。

まずは白いモクモクで地面を耕《たがや》す。次に添え木を差し込む。

今日は３本ぐらい行っとくかな。種を植える。そして、その上に植物育成魔法をかける。

「育てぇ～！」

すると芽がプチプチと伸び始めて蔓となり、添え木を上っていく。

あっという間に、実をつけた。

ほんと、この魔法は凄い。

どう考えても、気候も季節も合わない土地で簡単に育てることができるのだ。

種がなければ意味はないけど、逆に種と魔力があれば、食料作り放題である。

そんなことを考えていると、カチカチという音が聞こえてきた。視線を向けると、大蟻の皆が6匹ほど結界の外に来ていた。また、何かの種を持ってきたのかな？

近寄ると、中の1匹が前足を差し出してきた。

種が3つほど、今日は何かな？　受け取って植えようとすると、妖精ちゃんの1人がそれを止める。羽のある、メイド服を着た妖精ちゃんだ。

妖精姫ちゃんのお世話係をしている妖精ちゃんの何人かが、彼女みたいな服を着ている。

控《ひか》えめに言って、可愛い！

この子はピンク髪なので、わたしは妖精メイドのサクラちゃんと呼んでいる。

勝手に名付けて気を悪くするかな？　なんて心配したけど、少し困惑した表情になったものの、すぐに笑顔で頷いてくれた。

可愛い！

そんな、妖精メイドのサクラちゃんが、種のうち2つを指さして身振り手振りで言う。

え？　この2つは花壇に？　花なのかな？

わたしは昨日作った花壇エリアに移動すると、サクラちゃんの指示通りの場所に植えて、魔法をかける。

1つは黄色い薔薇だった。赤薔薇ほどではないけど、大きな花が咲いている。

もう1つは、赤いチューリップだった。妖精メイドのサクラちゃんが嬉しそうにその上で飛び回ると、他の妖精メイドちゃんも集まってきた。

そして、皆が連なり空中をクルクル飛び回って、喜びを表現している。

よかったね！　さて、もう1つも植えて——え、向こうで？

少し離れるも、再度、妖精ちゃんたちに指示される。

もっと、遠く離れたところ？

え？　もっともっと？

うん、はい……。

移動し、育ててみると、皆大好き人参《にんじん》だった。

……わたし、人参は嫌いじゃないよ？　ちらり、と妖精ちゃんたちを見る。

こちらを見向きもしないで、花の周りを飛び回っている。妖精ちゃんたち、野菜嫌いなのかな？　人参の花だって可愛いと思うんだけどなぁ～

取りあえず、人参は自分で食べるとして、蟻さんたちにピーマン（また実っていた）とオレンジ、林檎を渡した。妖精ちゃんたちも近寄ってきたので、ピーマンを差し出したら、スルリと避けて、林檎やオレンジに取りついた。

……うん、勝手に食べないだけよしとしようかな。

皆にもぎ取ってあげたら、嬉しそうに抱えて大木の方に飛んでいった。

自分の体より大きい林檎なのに、凄いな。

コショウの収穫も終えて、家に入ると少し休憩する。

そういえば、川の魚を獲ろうと思ってたんだった。

お昼ご飯は川魚《かわざかな》にしようかな？

一応、フル装備と、魚に振りかける用の塩を少し多めに準備する。そして、外に出た。

花壇に視線を向けると、妖精姫ちゃんたちが何やら集まっている。わたしが「ちょっと行ってくるね」と声をかけると、こちらに顔を向けた妖精姫ちゃんたちが笑顔で手を振ってくれた。

可愛い！

軽い足取りで駆けながら、川に向かう。川はそこまで離れていない、3分ほどで見えてくる。

わたしは川辺の大きな岩に、駆けてきた勢いのまま着地する。そして、辺りを見回した。水辺は魔獣や動物が集まってくる。中には強力な敵もいたりするので、警戒が必要だ。だが、わたしの杞憂に反して、大した魔獣は見あたらない。せいぜい、弱クマさんが5、6頭見えるぐらいだ。わたしは安心して、大岩から降りる。

川幅は3メートルぐらいで、深さは大体膝ぐらいの浅い川だ。水がとても綺麗で、川底がきちんと見えている。時折細長い影が流れていく。それが今日のターゲット、川魚だ。

さて、どうやって獲ろうかな？

最も簡単なのは雷撃《らいげき》魔法だ。この魔法は、ママから最初に教わった。

雷撃魔法の場合、炎、風、水に比べ敵以外への影響を最小限にできると、ママは教えてくれた。クマさん（弱ではない）を雷撃で瞬殺したママは、わたしたちを振り返り優しく微笑みながら言った。

『わたしたちは神獣《しんじゅう》——ただただ、敵を殺し、辺りを破壊し尽くすだけのような真似は駄目よ。あなたたちは縄張りであれ、なんであれ、守る存在にならないと』

とても、良いことを言っていたのだと思う。

……ただ、雷撃が強力すぎて、ママの背後が炎上《えんじょう》して凄いことになっていなかったら、もっとよかった。しかも、それに気づいたママが慌てて水魔法を使い、縄張りが半壊《はんかい》したりもした。

ママ……。

そういえばママ、『わたしたちは神獣』って言ってたなぁ。

フェンリルって神獣なんだ。何か色々説明してくれた気がするけど、基本的にママにくっついて聞いて、大半は寝てたからなぁ。

第5、6？　の神様だったっけ？　ママは神様とこの地上に降り立ったって言ってた気がするから、きっとフェンリルって凄い存在なんだと思う。

まあ、わたしは人間だから、関係ないけどね。

それはともかく、雷撃魔法を使えば、魚は簡単に獲ることができる。ただ、魔法っていうのは白いモクモクという例外を除き、威力の調整が難しいんだよね。

そこで、わたしは別の方法を取ることにした。Ｗｅｂ小説とかで定番な、あれですね。

わたしは一抱えぐらいの岩を発見すると、それを持ち上げる。

前世のわたしではびくともしないこれだけど、現世だと軽々と持ち上げられる。異世界だからかな？　ママにしごかれたってのもあるとは思うけどね。

それを頭の上に持ち上げると川岸に移動。川の中からちょっと顔を出している岩を発見、それに向かって投げつける。

すると、振動で気絶した魚がプカプカと浮かんでくる寸法だ！

前世の日本では、確か禁止されてる漁だったはずだけど……。

ここは異世界、大丈夫だよね！　よぉ〜し、やるぞ！

——何かが近寄ってくる気配を感じた。視線を向けると川の向こう側にある草むらの隙間から、老人の顔がニヤリと笑っていた。

マンティコアだった。

……。

駆除《くじょ》したせいで、使用しようとしていた岩が赤黒く汚れてしまったので、別のものを探すことになった。それにしても、頭に来る。

あのマンティコア《老人顔》さん、見た目も動きも気持ち悪い、尾の毒は刺さると地味に痛い、何より不味い。良いことなしの魔獣なのだ。

それでいて、弱クマさん同様、何故かわたしに対しては舐めた態度を取ってくる。だからわたしは、発見次第駆除することにしている。

ん？　再度、近寄ってくる気配に視線を向けると、真っ白な毛皮の狼が数頭、静かに歩いてくるのが見えた。

なんだ、白狼《しろおおかみ》君か。

視線が合うと、白狼君はビクッと硬直する。確か、人間の間では白魔狼《しろまおおかみ》って呼ばれているんだっけ？　先頭の１頭が、わたしと、頭がかち割れ横たわるマンティコア《老人顔》を交互に見る。あ、ひょっとして食べたいのかな？

わたしが頷いてみせると、転がっている魔獣にササッと近づき、ガブガブし始める。

毒があるんだけど、大丈夫かな？　なんて心配になったけど、尻尾の部分には近づかず、足とか内臓とかをガブガブやっている。なら、問題ないかな？

本当は、獲物を渡す行為はよくない。だけど、フェンリル《ママ》の娘として、狼型の生き物には、なんとなく優しくしてしまう。しょうがないよね。

そんなことを考えていると、白狼君が突然、吠え出した。

何事かな？　と彼らが見ている方に視線を向けると、小さな黒色の生き物が寝そべっているのが見えた。初め、中型サイズの黒い犬が３頭いるのかと思った。だけど、違った。

１つの体に首が３つあるんだ。

ケルベロス？　小さいから、子供かな？

怪我をしているようで、黒い毛の所々が鮮血《せんけつ》で染まっている。首のうち２つはぐったりとしているが、真ん中の１つは気丈にも白狼君たちに歯茎を見せて威嚇していた。

う～ん、子供かぁ。

これも、あまりよくないことだろうけど、子供を見ると助けたくなるんだよなぁ。

わたしはケルベロス君と白狼君の間に立つ。そして、白狼君のリーダーらしき彼に、マンテイコアを指さしながら言う。

『あっちがあるんだから、この子は見逃してあげて』

白狼君は言わんとすることが分かったのか、素直にマンティコアの方に向かっていき、その身にかぶりつく。わたしはケルベロス君の前にしゃがむと、「大丈夫？」と手を伸ばした。

真ん中の首にガブっと噛みつかれた。

……なんかの映画のシーンでこんなのがあった気がする。

もっとも、本当に痛くない。弱っているからか、まだ幼いからか、甘噛みぐらいだ。

わたしが逆の手で撫でてやると、力尽きたかのように口を離し、ぐったりとする。

……ママも生け贄《にえ》として殺されそうだったわたしを助けてくれた。だったら、わたしがこの子を助けても、いいかな？

左手に魔力を集めて、この子の体を活性化させ、治癒《ちゆ》能力を上げる。

治癒魔法だ。ケルベロス君の傷がみるみる塞がっていく。しかし……しばらくすると、その速度が遅くなり、ケルベロス君の3つの首の呼吸が荒くなる。

治癒魔法は新陳代謝《しんちんたいしゃ》を上げて傷を癒やす魔法だ。なので、魔法を受ける者の体力も少なからず減る。瀕死《ひんし》の人間がこれを受けると、傷が塞がっても力尽きてしまうことがあるらしい。

ただ、対応策はある。

わたしは右手をケルベロス君の首筋に当てて、そちらからも魔力を流す。

体力回復魔法だ。肉体的な疲労を回復する。わたしの魔力をケルベロス君の体力に変換するのだ。それを治癒魔法の新陳代謝への干渉に使う。

わたしが使う植物育成魔法は、これら2つの魔法を組み合わせて、応用したものとなる。

傷がみるみる塞がっていき、毛が禿《は》げてしまった箇所ぐらいしか痕《あと》は残っていない。

だけど、ケルベロス君が苦しそうなのは変わらない。

あれ？　この子、毒にも侵《おか》されてるかな？

マンティコアの尻尾はサソリみたいになっていて、その先には毒がある。実は8歳ぐらいの時に、不覚《ふかく》にも腕を刺されたことがあった。

あれは痛かった。腕が3倍ぐらいに腫れ上がり、動かすことができなかった。ママは明日には治るって笑っていたけど、3日ぐらいは引かなかったなぁ。4日目には元に戻ったけど。

そういえば、1週間後に遊びに来たエルフのお姉さんが「普通の〝人間〟なら即死よ！」とか絶叫《ぜっきょう》しながら騒ぎ出し、何やら恐ろしいほど不味い薬を飲まされたりしたなぁ。

……念のために、あの薬草を飲ませてあげた方がいいかな？

確か、生えているところが近くにあったような。わたしはケルベロス君を担ぐと、記憶を頼りに駆ける。

あったあった！　何枚か抜くと、右手で作り出した白いモクモクで挟《はさ》むように掴む。そして、白いモクモクの中でゴリゴリと魔力を動かし、すり潰す。

それを、左手で作った白いモクモク（茶碗型）の上に載せて、魔法で出した水を注ぐ。

これでよし。

わたしはケルベロス君の真ん中の首にそれを持っていく。すると、臭いを嗅《か》いだ真ん中の首君が嫌がった。

薬だから！　飲めば楽になるから！　え？　別の首に？

仕方がないので、他の首に視線を向ける。意識がないようで、ぐったりと目を瞑っている。

まあ、どれが飲んでも同じだよね。右側の首の口を白いモクモクで開き、薬を注ぎ込んだ。

右側の首の目がかっと見開かれ、首を振りながら暴れる。

それを、中央の首が「がうがう！」と言って黙らせた。

力関係は中央が上なのかな？　ただ、残りを飲ませようとするも、右側の首は拒否する。中央の首が言っても、これは聞かないようだ。

仕方がない。次は左側の首に同様の方法で飲ませる。右と同じく覚醒《かくせい》すると暴れる。今回も、中央の首に黙らされた。やっぱり、中央がリーダーなのかな？

わたしは白いモクモクの中の薬に目を落とした。まだ、もう少し残っている。視線をケルベロス君に向ける。

中央の首は澄《す》ました顔で、左の首に、飲め！　とばかりに一鳴きした。

左右の首の視線は……中央に集まる。

まあ、公平にしないとね。

左右の首に押さえ込まれた中央の首の口に薬を注いであげた。

魚は手に入らなかったけど、ケルベロス君が我が家《国》に来ることとなった。


新たなる仲間であるケルベロス君——やっぱりというか、揉《も》めた。

結界の中に入れると、例の悪役妖精が凄い剣幕《けんまく》で詰め寄ってきて、声は聞こえないけど、ギャアギャア喚き出したのだ。それに対して、ケルベロス君（中央）が目を尖らせて吠えるしで大変だった。

わたしとしては、ケルベロス君が悪役妖精を食べて手打ちでもよかった。なので、何やら叫ぶのに一生懸命すぎる奴を白いモクモク虫網で捕まえて、ケルベロス君に差し出そうとして、妖精メイドちゃんたちに必死の形相《ぎょうそう》で止められたりした。

だが、そんな騒動も妖精姫ちゃんの登場で終了する。大樹《たいじゅ》から慌てて飛んできた妖精姫ちゃんが、吠えまくっているケルベロス君ににっこり微笑んだ。

途端、「きゃうん！」と怯え始めたケルベロス君は、わたしの膝裏に姿を隠すと、ついには体を小さく丸めてしまった。

次に妖精姫ちゃんは、わたしの虫網の中でギャアギャア叫びながらもがいていた悪役妖精のそばによると、にっこり微笑んだ。あれだけ大言《たいげん》（推定）を吐いていた悪役妖精は、沈黙した。

よく見ると、体も表情もカチコチに硬直していた。

最後に妖精姫ちゃんは、わたしの元に来て、上目遣い気味に瞳を潤ませた。

あざと可愛い！　だけど、そこが良い！

悪役妖精をアッサリ解放した。

そこまで終えた妖精姫ちゃんは、妖精ちゃんたちを解散させた。そして、悪役妖精の首根っこを掴んで連れていく。

……足下に視線を向ける。

ケルベロス君の3つの首が、ガクガク震えながらわたしの足に絡みついている。

わたしは視線を妖精姫ちゃんに向ける。

あれ……？　ひょっとして、妖精姫ちゃんって強キャラ？

視線に気づいたのか、妖精姫ちゃんが振り向き、にっこり微笑んだ。

……まさかね。あんなに可愛いのに、そんなことってあり得ないよね。

妖精姫ちゃんは、可愛くて、一生懸命で、ちょっとあざとくって守ってあげたい、アイドルちゃんだもんね。

うんうん、気のせい気のせい！


ケルベロス君を家の中に入れて、ご飯と水をあげることにした。

あまり食べていないのか、よく見ると肋《あばら》が浮いていたからね。

お肉は生肉の方が好きかな？　って思ったけど、弱っているみたいなので取りあえず焼いてあげた。そして、細かく切った一欠片を、手始めに真ん中の首に食べさせた。

揉めた。激しく揉めた。３つの首が噛みつき合ったので、慌てて止めた。この子らは、３つ同時に与えなくちゃ駄目のようだ。

白いモクモクを使い、三首、同じタイミングで食べさせる。なかなか、面倒くさい子だなぁ。

次に、お風呂に入れる。

汚れが酷いので、外で白いモクモクを浴槽型にしてお湯を溜め、そこに入れた。

ワシャワシャ。ワシャワシャ。

……。

……ケルベロス君じゃなく、ケルベロスちゃんだった。

失礼しました。

初めは浸かるだけで水が黒くなっていたけど、石鹸を使い何度も洗ってあげると綺麗でふさふさな毛並みになった。初めのうちは嫌がってたケルベロスちゃんも、その完成にはまんざらでもなさそうな顔をしていた。

しかし、これ、3つの首にそれぞれ名前をつけないといけないのかな？

う～ん、考えておこう。


朝、起きた！

今日は赤鷲の団の皆と待ち合わせをしている日だ。

「う～ん」と背筋を反りながらベッドから下りると、ケルベロスちゃんが近寄ってきた。

名前は左から〝レフ〟ちゃん、〝セン〟ちゃん、〝ライ〟ちゃんとした。

そして、総称はケルちゃんだ！

……まあ、これ以外、しっくり来るのを思いつけなかったのだから仕方がない。

そう呼んであげたら、三首ともまんざらでもない顔をしていたから、よしとしている。

もしこの子が子供を産んだら……。

ちょっと困るかもだけど、その時はその時に考えよう。

わたしの足に頬ずりする三首を撫でながら、朝ご飯の準備をする。

ケルちゃんは何を食べる？

え？　お肉？　やっぱり、そうなるかぁ。

弱クマさんのお肉を焼いてあげた。わたしもそれにする。う〜ん、悪くはないけど、朝っぱらから油っぽいものはなぁ。う〜ん、ポトフとか食べたいなぁ。

ママと暮らしている時は、エルフのお姉さんが持ってきた材料でそれっぽいものを作ったりしていた。中にあるお肉に関しては気に入ったお兄ちゃんたち《男性陣》だったけど、それ以外に関しては不評だった。飲むのが面倒くさいらしい。あと、野菜やキノコはいらないらしい。

鍋は面白がっていたのに、ちょっと不思議だ。

だけど、女性陣には好評だった。ママは、わたしが作ったから美味しいって言ってくれただけかもだけど、お姉ちゃんは料理されたものが好きだったから、本気で言っていたと思う。

ああ、お姉ちゃんに会いたいなぁ〜

ポトフを作るには野菜が圧倒的に足りない。というより、人参とソラマメ、ピーマンしかなければどうしようもない。せめて、ジャガイモ、タマネギは欲しい。

今日の赤鷲の団に期待大だ！

ついてきたそうなケルちゃんを宥《なだ》めつつ、花壇の上を飛んでいた妖精姫ちゃんに挨拶《あいさつ》しつつ、出発する。森を抜け、川を飛び越え、さらに森を抜ける。

草原、林を抜け、町の手前に着くと、赤鷲の団の3人が立っていた。

わたしに気づくと、手を振ってくれた。手を振り返しながら近づきつつ、門番チェックをする。今日はあの怖い人じゃなく、若そうな2人が立っていた。

よかった！

「おはよう！」と挨拶をしながら、わたしは赤鷲の団団長のライアンさんに小袋を渡した。種を貰った時の袋だ。

「ん？　なんだ？」と言いつつ袋を開いたライアンさんは、何故か顔を引きつらせた。

ん？　どうしたの？

ライアンさんは辺りを気にしつつ、「このことは絶対に話すなよ」と釘を刺してきた。

「分かってるって！　この前、注意されたし！」

「どうしたんだ？」

とマークさんが訊ねてくる。アナさんも不思議そうにしている。

団長のライアンさんが一つため息をつくと、小袋の中身を2人に見せた。

「え？　新しい!?　しかも、凄く増えてる！」

「嘘⁉　サリーちゃん、本当に⁉」

「できるって言ったでしょう？」

とわたしは口を尖らせた。小袋の中にあるのはコショウだ。もちろん、貰った種ではない。

昨日採れた新しいのだ。ライアンさんが首を振りながら言う。

「いや、まさか本当に成功するとは思わないだろう……。しかも、こんなに短時間で……」

そこまで話すと、ライアンさんは声を低くする。

「お前ら、絶対このことを話すなよ。これはサリーのためだけじゃない、これが知れたら俺たちの命だって危ないんだ」

マークさんがギョッとした顔をする。

「え？　それって、どういうことだ⁉」

「サリーが魔法でコショウを実らせられると知ったら、確実に貴族が出てくる。そしたら、どうなると思う？」

「いや、サリーは危ないが……。サリーはあの〝森の悪魔〟を蹴り一発で殺すんだぞ？　貴族の私兵ごときでどうにかなるわけないだろう！」

「そしたら、貴族はどう思う？」

「え？　どうって？」

「知人を人質《ひとじち》にして、言うことを聞かせようとするんだよ！　その時、一番狙われるのが……」

わたしたちの視線が、赤鷲の団のアナさんに集まる。うん、腕力のない女性で、しかも美人さんだから絶対狙われるね。アナさん、顔を真っ青にしている。

ライアンさんは改めて皆に視線を向ける。

「分かったな！　絶対に広めるなよ！　特にサリー！　自分が平気だからって、ペラペラ喋《しゃべ》るなよ！」

「しゃ、喋らないよぉ！」

うん、気をつけよ！

その後、アナさんから大きな籠を渡された。背負うことができて、中にはいろんな種や種芋、袋などが入っていた。そして、何故かロープや紐なども入っていた。添え木を使うようなものには必要でしょう、と買ってきてくれたとのことだ。

アナさん、気が利く！

「今度、できた作物を持ってきてあげる！」

と言ったら、果物の種も入っているから、大いに期待しているとにっこり微笑まれた。

冒険者でも女子だねぇ。しかも、「今の季節にあっても不自然じゃないのは、この種だから！」と指定までされてしまった。しっかり屋さんだ。

また、アナさんが個人的に育てているっていう花の種も、何粒か貰った。

正直、わたしは花よりご飯なので、いらないかなぁ～とも思ったけど、姫ちゃんたちが欲しがるかな？　と思い直し、ありがたく貰っておいた。

あと、お釣りだと言って、硬貨の入った袋を渡してきた。

「いいよぉ～取っておいて！」って言ったら、怒られた。

「何かで必要になるかもしれないんだから、しっかり持ってなさい！」って。

なんだか、お母さんみたいだった。まあ、何があるか分からないのは間違いないから、ありがたく受け取っておくことにした。

あと、お金を使ったことがないって言ったら、基本的なことを教えてくれた。

助かります。

そんなやり取りをしていると、ライアンさんが言う。

「今から町の中に入ってみるか？　冒険者になれば、一応、身分証になるし、町に住まないにしても登録しておいて損《そん》はないぞ」

それに、いちいち待ち合わせをしなくてもいいとも言われた。

確かに。チラリと門を見てみる。例の人はいない。

「行ってみる！」

「じゃあ、ついてこい！」

ライアンさんのあとについて、門まで進む。アナさんが、「〝王妃様の苺の焼き菓子〟が凄く美味しいから食べに行きましょう！」と言ってくれた。

凄く楽しみ！

門に到着、前回同様アーチ状の門の手前で、何人かの人が並んでいる。

しばらく待っていると、わたしたちの番になった。

赤鷲の団の皆が、証明書らしきものを見せている。あと、わたしの説明をし始めた。

ドキドキしながら待っていると、アーチ状の中間地点にある扉が開いた。

例の門番さんが登場した！　しかも、バッチリ目が合った。

「ぎゃぁぁぁ！」

「あ！　お前！」

そんな声を背に、わたしは猛ダッシュで逃げた。


家に駆け込むと、扉をしっかり閉める！

怖かったぁ。

アナさんに貰った籠を床に置くと、ケルちゃんがなんだなんだといった感じで近寄ってきたので、ギュッと抱きしめた。モフモフしていて癒やされる。

あ、センちゃんだけハグは駄目ね。レフちゃん、ライちゃんもギュッとする。

しかし、例の門番さん、怖かったぁ。あの殺人鬼顔があるだけで、あの門は鉄壁だね。

中央の部屋《食堂》の椅子に腰を下ろすと、扉が開き、妖精姫ちゃんが心配そうな顔で入ってきた。

可愛い！

「大丈夫！　大丈夫！　気にしないで！」

と手を振ると、ちょっと安心した感じになる。

そして、籠に気がつくと、そこに飛んでいく。

ああ、赤鷲の団の皆に挨拶もせずに帰ってきてしまった。

今度会ったら謝ろう。

妖精姫ちゃんや他の妖精ちゃんたちが、興味津々《しんしん》な感じで籠の上を旋回しているので、わたしは籠を引き寄せて蓋を開ける。布やロープ、袋類と、一つ一つ取り出してみる。いろんな種が、小袋に小分けされて入っている。

文字らしきものが書かれているけど……。わたし、読めないんだよねぇ。

あ、この袋はジャガイモとサツマイモだ！　この袋に詰め込まれているのは……多分小麦だ！

一度、エルフのお姉さんが持ってきたから、見たことがあった。

用途が沢山ある、最強の穀物だ！

個人的に、お米より嬉しい！

醤油《しょうゆ》もつけると言われたら……悩むけど！

まあ、何はともあれ取りあえず、手当たり次第育ててみよう！

気合いを入れて立ち上がるわたしの前から——妖精姫ちゃんたちが種を奪い去っていく。

えっ⁉　何⁉

妖精姫ちゃんが身振り手振りで何かを伝えてくる。

ん？　植える場所と種類はわたしたちが決める？

えっ？　いや、別によく分かってないからいいんだけど……。

いつの間にか来ていた妖精メイドちゃんや文官《ぶんかん》みたいな人たちが集まり、相談を始める。

……疎外感。

ちょっといじけていると、何やら段取りが決まったのか、妖精姫ちゃんに引っ張られるまま、外に出た。

妖精姫ちゃんたちに任せたのはよくなかった。

姫ちゃんたち、花か果物しか興味がないらしく、あれこれ育てている隙に、小麦や種芋らは国の端の方に捨てられていた。

ちょっとぉ！　とんでもないことをするなぁ～！

気づいたあと、そばにいた妖精ちゃんたちに文句を言ったら、何やら慌てつつ、ペコペコ頭を下げつつ、身振り手振りで何やら言われた。

……何やら、一生懸命伝えようとしていたけど、全然理解できなかった。

まあ、それらは取りあえず、後日に回す用として家の中にしまっておいた。育てた分だけでも、結構な収穫だったからね。

何粒かあった花の種については、正直よく分からないので置いておくとして、果物はサクランボ、スモモ、ラズベリーが手に入った。

凄い！

取りあえず、赤鷲の団へのお礼用に、アナさんが指定したラズベリーと、我が家《国》にあった林檎を育てておいた。

それを袋に詰めつつ、スモモを1個齧ってみる。甘酸っぱくて美味しい！

近寄ってきた妖精姫ちゃんたちに分けてあげていると、蟻さんたちが何やら呆然と（推定）こちらを見ていた。

まあ、機嫌がいいので、分けてあげる。喜んで持ち帰っていった。

しかし、なんていうか、いろんなところに場当たり的に育てていったので、わたしの家の前、なんか雑多《ざった》な感じになっているな。

もう少し、国を広くして、整頓《せいとん》した方がいいかなぁ～

でも、わたし、そういうの苦手だ。Ｗｅｂ小説のスローライフ系主人公は偉いよねぇ。イラストではなく文字で『木木畑畑△△』とかで表現してまで整理してるんだよね。

とっても、偉いと思う！

う～ん、どうすればいいか分からないから、取りあえずはこのままでいいかな？

そんなことを考えていると、冷たい風がすぅーっと頬を撫でた。少し前までは結構暑かったのに、すっかり秋だなぁ。

ママの洞窟近辺では、秋から冬になるのはかなり早かった。多分、そこまで離れていないだろうここら辺も、同じだろう。

雪はどうかな？　沢山積もるなら、冬ごもりをすることになるんだけど……。

去年までは、ママたちにくっついてゴロゴロする季節で好きだったけど、今年は１人っきり。

さみしい……。

いや、そんなことを言っている場合ではない！

冬は狩りがしにくい季節だから、お肉を確保しておかないといけない。それに、植物育成魔法は、寒い中だと驚くほど魔力を使う。だから、ある程度作り貯めしておかなくては。

そういえば、妖精姫ちゃんたちはご飯とかどうしてるんだろう。近くを飛んでいた妖精姫ちゃんに訊いてみる。姫ちゃんは身振り手振りで答えてくれた。

え？　不要？

え？　食べなくてもいいけど、林檎？

あ、果物が食べたいのね？　だったら、ドライフルーツを多めに作るかな？

ドライフルーツの作り方は、エルフのお姉さんに教えてもらっている。ケリー姉ちゃんが好きだから、作ってあげていたのだ。お姉ちゃん、本当に嬉しそうにわたしの顔を舐めてくれたなぁ。ママも偉い偉いと言って頬ずりしてくれた。

わたし用には、小麦や芋を、念のために多めに作っておこう。

あと、お肉ももう少し準備しよう。わたしもケルちゃんも、成長期だもんね！

そんなことを考えていると、物作り妖精のおじいちゃんが近寄ってきた。

え、保管庫を作ってくれる？　地下の？

それは嬉しい！

え、指定した場所を掘れ？　りょ～かいです！

物作り妖精のおじいちゃんのあとをついていく。場所は、家のトイレとは逆の方、この前作ってくれた物置の隣だった。掘る場所だろう、線が引かれている。

いや、何か大きすぎない？　そうでもない？

……まさか、全部ドライフルーツ用じゃないよね？

違う？　妖精用のドライフルーツは大樹の樹洞に沢山貯める？

……さようでございますか。

まあ、わたしは素人なので、ベテランそうな物作り妖精のおじいちゃんの指示通り穴を掘っていく。それが終わったら、〝今度はこっちだ〟というように指示されたので、木材を置いていたところに移動し、それを加工する。

思ったより目減りしたなぁ～

もう少し、木を切っておいた方がいいかな？　畑用に国土も広げたいし。取りあえず、家の周りもう一周分の木を倒し、乾燥させてキープしておこう。もちろん、結界石の移動も忘れちゃ駄目だよね。

あ、薪ももう少し準備しておこうかな。

家の中にある薪置き場はいっぱいだけど、一冬《ひとふゆ》と考えたらちょっと不安なのだ。

物作り妖精のおじいちゃん！　ドライフルーツ沢山作るから、薪の保管庫も作って！

朝が来た！　今日も晴天、秋晴れってやつかな？

異世界に秋晴れって言葉があるかは知らないけど。

昨日は物作り妖精のおじいちゃんが頑張ってくれたから、食料と薪の保管庫が出来た。素晴らしい！

早速、薪を大量に作る。4時間ほどで、新設の小屋が満杯になった。1人プラス1頭（三首）分ならまあ、十分でしょう。

お昼を食べてから、狩りに出る。弱クマさん、弱イノシシさんをやっつけて、お肉をゲットする。あと、下のお兄ちゃんが大好きだった、巨大な雉《きじ》みたいな鳥を狩るのに成功した。

しかも、5羽も！

全長が5メートルあり、近寄ってくる気配に敏感な奴で、気づかれると風系の魔法を周りに放ちながら逃げていく、狩るのがなかなか難しい魔鳥だけど、そっと近づき、白いモクモクでザクザクザクザクザクと首を落とした。

いやぁ、嬉しいなぁ！

肉が美味しいのもあるけど、この羽が綺麗な上、防寒用の羽毛としても使えるので非常に助かるのだ。布団はママのがあるから、クッションとか作ろうかな？

そこまで考えたあと、良いことを思いついた！

家に戻ると、倉庫の前で話をしていた物作り妖精のおじいちゃんたちにお願いする。

簡単？　任せろ？　頼もしい！

〝その辺り〟はおじいちゃんに任せ、獲物をサクサク捌いて、完成したばかりの地下の貯蔵庫に持っていく。中は氷結《ひょうけつ》魔法で作った氷を置いていたので、息が白くなるぐらいには寒い。

物作り妖精のおじいちゃんに作ってもらった棚の上に、ブロックにした肉を載せていく。

その時、冷凍魔法を忘れずに行う。元々あった弱クマさん1頭だけでも結構な肉の量になる上に、プラス前日の弱クマさん肉、弱イノシシさん肉、鳥肉（5羽）で、わたしとケルちゃんだけなら十分冬は越せるだろう。

……地下貯蔵庫、まだまだスペースがあるなぁ。

今ので4分の1が埋まった程度だ。頑張って、大きくしすぎたかもしれない。

牛乳とかあればアイスクリームが作れるかな？

あと、野菜の冷凍保存って前世のテレビでやっていた気がするから、そうしようかな？

家に戻ると、物作り妖精のおじいちゃんが手招きをする。

え？　もうできたの⁉

南東側の物置として使っていた部屋に入る。

おぉ〜凄ぉ〜い！　ありがとう！

物置が外にできたので、家側の物置を1つ、リラックスルームに改造したいとお願いしていたのだ。内容は、素足《すあし》でいられて、ごろんと転がれる部屋である。

物作り妖精のおじいちゃんには、木を組み、部屋の中に10センチほどの段ができるようにかさ上げをしてもらった。入り口からすぐはドアの開け閉め、および、靴を脱ぐスペースが必要なのでそのままの高さ——それ以外は床が高くなっている寸法だ。

さらにぃ〜　急いで、弱クマさんとかの毛皮を持ってきて、部屋の中央に敷く。そして、靴を脱いで上がると、毛皮の上にごろんとする。

ゴロゴロ部屋の完成だ！

やっぱり、前世日本人として、靴を脱いだ生活って必要だよね！　凄くリラックスできる。

……うむ、毛皮、直《じか》だとちょっと良くないかも。布でシーツみたいに包むのはどうだろうか？

赤鷲の団のアナさんから貰ったのを、持ってきて当ててみる。……まあ、体を拭く用と言っていたので、さほど大きくないから弱クマさんの皮を包むとか無理か。

大きい布、買ってきてもらおうかな？　あ、でも、裁断《さいだん》とかもそうだし、縫製《ほうせい》もしなきゃだし、わたしには荷が重いかな……。その辺りも、町の職人さんにお願いしてもらうとか……かな？

布と毛皮の前でう〜んう〜んと考え込んでいると、妖精ちゃんが目の前に現れた。おばあちゃんな羽根付き妖精ちゃんで、手には妖精基準で巨大な針《はり》を持っていた。

え？　糸と布さえ用意すれば、縫製も裁断も任せて大丈夫!?

わたしサイズの服も余裕!?　凄ぉ〜い！

え？　代わりにドライフルーツをもっと？

いいでしょう！

クッションもお任せしていい？　問題ない!?

よぉ〜し、糸と布に関しては明日の朝、アナさんにお願いしに行こう！

挨拶なしの別れ方をしたので、赤鷲の皆に会って謝りたいし。

作った果物のお裾分《すそわ》けも忘れずにしないとね。

4章　冒険者になろう～！

朝、起きた！

部屋にある跳ね上げ式の窓板を持ち上げると、強めの日差しが差し込んできた。

天気が良い！

ただ、流れ込んでくる風はやや冷たい。冬は確実に近づいてきている。

ケルちゃんと朝ご飯を食べて、セン、レフ、ライの3人娘の首を撫でてあげたあと、出かける準備を始める。お裾分けを袋に詰め込み、背負い籠にそれを入れると、担ぎ、準備完了だ。

ケルちゃんに行ってきますの挨拶をしつつ、扉から飛び出て——忘れ物に気づき戻る。

帽子帽子、あった！

それを被って改めて出発だ。

妖精姫ちゃんが赤薔薇の上でご満悦《まんえつ》な顔をしていたので、手を振っておいた。

笑顔で振り返してくれた。

可愛い！

森を突っ走り、川を飛び越え、草原で白狼君の群れに「がうっ！」と挨拶されたので手を振り返しつつ、町の近くまでやってきた。

わたしは見晴らしがよさそうな木の枝に飛びつき、上の方に飛び移りながら登った。

赤鷲の団は見あたらない。

例の門番さんは……いた。怖い！

しばらく、枝の上で寝転がり、林檎を齧っていると、門から赤鷲の団団長のライアンさんが出てくるのが見えた。アナさん、マークさんはいない。1人だけだ。腰に差している剣以外は特に荷物を持たずに、辺りをキョロキョロ見渡しながら、こちら側にやってくる。

「お～い、ライアンさん！」

声をかけながら木から降りると、気づいたライアンさんが一瞬驚いた顔をし、すぐに安堵した表情で駆け寄ってきた。

「サリー！　よかった、会えた！」

わたしはペコリと頭を下げた。

「ごめんなさい、この前はいきなりいなくなって」

ライアンさんは門に視線を送ると、真剣な顔で訊ねてくる。

「いや、驚いたがいいんだ。ていうか、ジェームズさんと何かあるのか？　本人はよく分からないって言っていたが……」

ジェームズさんって門番さんの名前かな？　わたしは真剣な顔で答える。

「だって、あの門番さん、顔が怖いんだもん」

わたしが真面目《まじめ》に答えたのに、ライアンさんは「ブフッ！」っと吹き出した。そして、「ハハハッ！　確かに！　怖いな！」と腹を抱えて笑い出した。

「ちょっと！　笑うことないじゃない！」

って抗議するのに、

「悪い悪い！　しかし、ブフッ！　顔が怖いかぁ！」

となおも笑い続ける。

「むぅ〜！」と唸《うな》るわたしに、「悪かったって！」と手を振りながら、ライアンさんは言う。

「いや、顔は確かに怖いが、あの人、悪い人じゃないぞ！　むしろ、子供に優しい良い人だ。……でも、いつも泣かれるんだよなぁ。報《むく》われない人だ」

「そうなの？」

わたしが小首を捻ると、ライアンさんは苦笑する。

「それに、そもそも〝森の悪魔〟を単独で倒したお前が、なんで怖がっているんだ！」

「〝森の悪魔〟？　弱クマさんのこと？　弱クマさんは弱いもん」

「弱くはないんだが……」

などと、ライアンさんは遠い目になる。

本当に弱いのに。


「怖くないから！」

と説得され、ライアンさんと町に入ることになった。途中でアナさん、マークさんも来てくれて、４人で向かうことになる。

ライアンさんが先行して、門番さんと話をしてくれた。門に到着すると、恐ろしい顔の門番、ジェームズさんがこちらを睨んでいた。


怖い！

アナさんにぎゅっと抱きついた。柔らかくて、いい香りがした。

でも、門番のジェームズさんはやっぱり怖い。アナさんがわたしの頭を撫でながら、

「ジェームズさんのあれは、別に睨んでいるわけじゃないのよ？」

と言う。ちょっと、信じがたい。

でも、ジェームズさんは怖がるわたしに気を使ってか、少し離れてくれた。やっぱり、優しい人なのかな？　前世の大ボスみたいな顔なのに……。

そんなことを考えていると、若い門番さんが通行に必要なことを教えてくれた。なんでも、通行料だけではなく、魔道具を使って簡単な質問に答えないといけないらしい。内門と外門の間には詰め所みたいな場所があり、若い門番さんに連れられ、赤鷲の皆とそこに入った。

詰め所の中央には、休憩兼尋問《じんもん》するためのものか、テーブルと5脚ほどの椅子が置かれていた。若い門番さんは奥に入っていくと、木製ながらも頑丈《がんじょう》そうな箱を持ってくる。

「これは〝真偽《しんぎ》の魔術石〟と言ってね。嘘をつくと、光るようになっているんだ」

と若い門番さんは何やら自慢げにしながら、箱の鍵を開け、蓋を開く。

嘘発見器みたいなものなのかな？　流石は異世界、魔道具っぽい代物《しろもの》だった。

両手で持てるサイズの、丸くて灰色の水晶《すいしょう》石って感じで、それを敷く布には何やら分からない文字が、よく分からない並びで書かれていた。

特にやましいこともないので、勧められるまま椅子に座り、言われるまま魔道具に手を置き質問に答えていった。素直に答えていたのに、何故か皆に驚いた顔をされた。

なんだろう？

とはいえ、若い門番さんは少し困った顔をしながらも「う、うん、取りあえずは問題ないよ」と言ってくれたので、大丈夫のはず。

通行料を払い、詰め所から出る。

門番のジェームズさんは、外門の脇に立って、商人さんらしき人と話をしている。

本当に、怖い顔をしているだけなのかな？　そんなことを考えつつ、門から町の中に入った。

賑《にぎ》やかな雑踏《ざっとう》がわたしたちを出迎えてくれた。

うむ、Ｗｅｂ小説によく出てくる、歴史がそこそこある第２の町、ぐらいって感じかな。建ち並ぶ建物は、中世、ヨーロッパ風な外観で少し古びているようにも見えるけど、寂れている感じは全くしない。

食べ物屋さんや道具屋さんなどがずらりと並んでいて、客引きの声がとても賑やかだ。

道は舗装《ほそう》まではされていないけど、思ったよりしっかり固められていて、そこを荷馬車や箱馬車が慌ただしく進んでいる。

もうちょっと、見て回りたいけど、今は行かなくてはならない場所があるので我慢した。

ライアンさんたちの案内で来たのは、門からほんの数分の場所にある冒険者組合だ。

ここでの目的はもちろん、前世Ｗｅｂ小説定番の身分証を作るためだ。毎度、通行料を払ったり、嘘発見器で尋問されたくないからね。

これまたお約束の新人絡みに遭うか心配しつつ、ライアンさんの先導で中に入った。中にいる、いかにも冒険者って感じの人たちの視線が集まる。ビックリしたけど、問題なかった。

注目の大半はライアンさんに向けられている。何やら嫌な目で見つつ、ボソボソ囁《ささや》き合っているおじさんたちもいたけど、尊敬するように熱っぽく見る人たちもいた。

ライアンさんだけでなく、アナさん、マークさんも「あの子が○○で有名な⁉」「彼が噂の⁉」とか、よく分からないけど囁かれていた。３人は特に気にする様子も見せず、先に進む。

新進気鋭の冒険者集団っていうの、自称じゃなかったんだ！

すると、わたしに対するものも、少しだけど聞こえてきた。

ただ、それは、「なんだあの服？」「変わってるけど、可愛いじゃない」「犬耳」っていう、わたしの格好についてのものばかりだった。

やっぱりこの格好は変なのかな？

ちょっと恥ずかしくなり、アナさんの陰にモゾモゾ隠れた。そうしたら、アナさんに「サリーちゃん可愛い！」と笑顔で言われてしまった。

凄く、恥ずかしい！

ライアンさんが制服らしい格好をした受付のお姉さんに「悪いけど、新人登録をお願いする」と声をかけると、若い受付嬢さんは「は、はい！　ただいま！」と大急ぎで準備を始めた。

心なしか、可愛らしい受付嬢さん、顔を赤らめている。

……。

「弱クマさんにやられてたのに？」

わたしがボソリと呟《つぶや》くと、ライアンさんは小声で「あれは本当に強いんだ！」なんて言っている。いや、だから弱いよ？

わたしが団長さんをジト目で見ていると、

「あら、ライアン君、可愛らしい女の子を連れているのね」

と声をかけられた。視線を向けると、受付の奥から先ほどの人より年上のお姉さんが、笑顔で近寄ってきた。20代前半ぐらいの銀縁《ぎんぶち》めがねをかけたお姉さんで、すらっとした体型でお堅《かた》い受付の制服が妙に似合っていた。クラスの美人で、でも生真面目な委員長って感じがする。

そんな年上委員長系お姉さんに、ちょっとやんちゃな後輩《こうはい》っぽいライアンさんが答える。

「ああ、ハルベラさん、新人なんでよろしく」

とわたしの頭に手をポンと載せた。うむ、挨拶は大事だよね。

「サリーです。よろしくお願いします」

と頭を下げた。受付嬢のハルベラさんはニッコリ微笑んだ。

「あら、礼儀正しい子ね」

そして、視線が頭の上に向く。

「……その耳、本物？」

「帽子。ママとお姉さんが作ってくれたの」

お姉さんはエルフのお姉さんだけど、前回と同じく言っちゃった。

まあいいか。帽子を取って、見せてあげる。ハルベラさんは目を丸くしながら、それを見た。

「凄く精巧に作られているわね。本物かと思ったわ」

わたしは少し気になって聞いてみた。

「こういう耳の人、いるの？」

ハルベラさんは笑いながら答える。

「物語には出てくるけど、実際にいる話は聞かないわ。でも、この前、羽の生えた人を見たから、ひょっとしてと思っちゃってね」

羽の生えた人はいるんだ！　見てみたい！

詳しく聞いてみると、飛鳥《ひちょう》人という種族の人らしい。

凄いなぁ。

その後、冒険者登録をしてもらう。
転生特権で読み書き可能——というわけもなく……。アナさんに手伝ってもらった。う〜ん、読み書きぐらいはできるようにならねば。

手続きをしていると、ライアンさんがおじいさんを連れてきた。

「サリー、この人が冒険者組合の組合長のアーロンさんだ」

初老？　なのかな？　60歳ぐらいの組合長さんは、金髪を前世スポーツ刈りっぽくしていて、眼光が鋭く、筋肉ムキムキの強そうな人だ。けど、門番のジェームズさんほど怖くはなかった。

え？　鍛錬場で実力を見せてもらう？

え〜お約束だけど大丈夫かなぁ〜

ライアンさんをチラリと見る。

ライアンさんも合格したの？　当然？

じゃあ、大丈夫か！

「失礼な安心の仕方をするな！」

って怒られちゃった。


地下にある鍛錬場で試験をすることになった。

思ったより広い。前世の学校の体育館よりも一回りは大きそうだ。アナさんが言うには、何かあった時の避難場所としても使われるとのこと。なるほどねぇ。

組合長のアーロンさんが木刀——木剣《ぼっけん》？　の具合を試すように一振りしながら訊ねてくる。

「サリー、お前は〝森の悪魔〟を一撃で倒したそうだな。しかも魔術なしで」

「弱クマさんのこと？　倒したけど？」

「弱クマって……」

アーロンさんが視線を向けると、ライアンさんは苦笑する。

「サリーにとって、〝森の悪魔〟は弱いけど美味しいクマらしいんで」

「そうか……」

アーロンさんはなんともいえない顔で、こちらに視線を戻す。

「もし本当なら、元５段冒険者のわし程度では、話にならないということになるが……」

５段冒険者？　何それ？

訊ねると、アーロンさんが冒険者の実力を示すものだと教えてくれた。10級から１級があり、その上に初段から10段があるとか。

ブロンズとかオリファルコンとかじゃないんだ、などと考えている間にも、アーロンさんの話が進んでいく。

「まあ、とにかくだ。どれぐらいの実力かは、試してみれば分かる。サリー、武器はどうする？」

とアーロンさんに聞かれたけど、首を横に振る。

「武器はね、弱者が使う道具だって、ママに禁止されてるの」

「弱者が使うって……」

ライアンさんが苦い顔をするけど、仕方がない。

ママは武器とかを使うのを嫌う。狩りをし始めた頃、わたしはママに槍《やり》とか剣が欲しいとお願いしたことがあった。だって、わたしはママみたいに鋭い爪や牙があるわけでもないし、力が強いわけでもない。当時は白いモクモクが使えたわけでもなかった。本当にごく普通の、人間の幼子《おさなご》だったのだ。

そんなわたしが素手《すで》で魔獣を狩るなんて、正気《しょうき》の沙汰《さた》とは思えなかった。せめて、武器ぐらいは持たせて欲しい――そう思っても仕方がないはずだ。

だけどママは頑として認めなかった。武器は弱者が強者に挑《いど》む時に持つものであり、強者が使うものではないんだって。

わたしは弱者の中の弱者だって、一生懸命説明したけど、ママは何故か呆れた顔で『あなたはやればできる子でしょう』と言って譲《ゆず》らなかった。

ママは本当に、わたしのことを買いかぶりすぎだと思う！

仕方がなく、弱クマさんをはじめとする〝弱《じゃく》さんシリーズ〟を倒しつつお茶を濁《にご》した。結局、本格的な狩りを始めたのは、白いモクモクが使えるようになってからだった。

組合長のアーロンさんが、木剣で自分の手のひらを叩きながら言う。

「ライアン、気にするな。恐らく、サリーの母親は格闘家なのだろう。流派によっては武器を忌避《きひ》するという。深く考える必要はない」

アーロンさんの言葉に、ライアンさんは「ああ、なるほど」と頷いているけど、わたしは小首を捻った。んんん？　ママって格闘家ってことになるのかな？　確かにママは、素手？　素足？　……だけど。

よく分かんない。

「まあ、とにかく試験をするか。魔術はどうする？　鍛錬場《ここ》だと下級のみだが」

「魔術も使わない。これも、ママから禁止されてるから。やるなら魔法かな？」

白いモクモクを見せると、組合長のアーロンさんは不思議そうに眺める。

「魔法……か。爆発とかはするか？」

「やろうと思えばできるけど、それよりは盾とか足場にするのが多いかな？　あ、剣にもなる」

平たく広げて盾、下に広げて踏み台、手から伸ばして日本刀《剣》にして、見せてあげた。アーロンさんや赤鷲の団の皆が興味深げに眺めたり、触ったりする。

日本刀《剣》を出した時に、アーロンさんが「武器は駄目じゃないのか？」と不思議そうに聞いてきたので、「自分の魔力で出したものはいいんだって」と答えた。

「そうか……」

とあまり納得した様子ではない。まあ、わたしもその気持ちは分かる。自分の魔力で出したもので問題ないなら、魔術もいいのでは？　とママに聞いたら、色々説明はしてくれた。小難《こむずか》しすぎて、すぐに寝ちゃった。

「まあ、いい」

とアーロンさんは改めて言う。

「鍛錬場を壊すような威力のものは禁止だ。あと、あくまでも試合なので、待った、参ったで終了、明らかに戦闘不能の場合も、過度な攻撃も終了――そんなところだ。用意はいいか？」

「うん」

なんか凄くドキドキする――のかと思ったけど、案外平静だ。ママの娘として、なんやかんや沢山狩りをしてきたからだろう。それに、組合長のアーロンさんって、そんなに怖くない。

アーロンさんが木剣の剣先をこちらに向けてきた。赤鷺の団の皆が「頑張れよ！」とか「頑張って！」とか声をかけつつ、離れていく。

皆が、ある程度距離を取ったあと、アーロンさんが「行くぞぉぉぉ！」と吠えた。

おおお！　格好いい！　キリっとした顔や構えが歴戦の剣士さんみたいだ。あ、歴戦の剣士さんなのか。大きい声を上げて、見るからに強そうだ。

あ、そういえば！　ふと思い出す。

ママから、狩りと決闘とでは戦い方が変わるって聞いていたんだ。

『気配を消して忍び寄り、相手の不意をついて倒すのが狩りだけど、決闘の場合はそのようなことをしては駄目よ。決闘は相手との存在を賭けた戦い。なので、正面に立ち、相手に〝自身〟をぶつける気で戦いなさい』

そうそう、それを示すために、威嚇の一吠えをしないと駄目だった。

歯を食いしばり、腰を少し落とし、全身に力を込める。

そういえば、ずいぶん久し振りだな、これ。ママに教わったあと、お兄ちゃんたちとよく練習したなぁ。これを上手い具合に当てると、魔鳥がバタバタ落ちてきて、鳥好きの小さい《コル》兄ちゃんが大喜びしてた。わたしたちも面白がって、誰が大物を落とすかで勝負をし始め、ママに『うるさい！』と全員、前足ではたかれちゃったんだよねぇ。

一番大きいのは何だったっけ。大きい《クー》兄ちゃんのワイバーン《偽竜君》だったっけ。

まあ、今はいいか。

息を短く、それでいて沢山吸い込む。それを放ってから開始だ！

「ちょっと待ったぁぁぁ！」

「？」

え？　何？　突然、組合長のアーロンさんが左手を前に出して止めた。

よく見ると、顔が硬直し、汗が頬を流れている。

「分かった！　もう分かったから、〝それ〟をするな！」

「え？　どういうこと？」

まだ、始めてもいないのに？　視線を赤鷲の団に向けると、皆、同じように硬直していた。

アナさんなんて、腰を地面に落とし、細かく震えている。

えええ？

「また、何かやっちゃいましたぁ～」どころか、まだ、何もしてないんだけど……。だけど、
アーロンさんは大きくため息をついた。

「サリー、いいか。何をしようとしたのか分からんが、人が近くにいるところで〝それ〟を絶対にするな。絶対にだ！」

えぇ～　一吠えするだけだよ？


よく分からないけど、合格ということらしい。

冒険者証の作成にはもう少しかかるとのことで、先に組合長室で話をすることになった。移動の途中、受付嬢のハルベラさんが、〝地下からとてつもない気配がする〟と有段者の冒険者

が騒いでいる！　と、慌てた感じでやってきた。〝とてつもない気配〟って、凄く気になるんだけど、アーロンさんは気にするなと手を振ってた。

「アーロンさん、何やったの？」と訊ねると、「お前という奴は……」と何故かウンザリしたような顔で見られた。

しかも、赤鷲の団の皆からも、同じような顔をされた。

解《げ》せない！


組合長室といっても豪華な感じはなく、実務《じつむ》一辺倒《いっぺんとう》の大きめの机と本棚、お客さん用の長椅子が2つと、それに挟まれたテーブル1つだけの飾り気のない場所だった。

わたしと赤鷲の団団長のライアンさんが長椅子に座り、ついてきてくれたアナさん、マークさんはわたしたちの後ろに立った。職員らしきお姉さんが持ってきてくれた飲み物が行き渡ったところで、アーロンさんが話し始めた。

「う〜む、うちの組合で上級3位の冒険者が、小娘《こむすめ》に助けられたと聞いた時は信じられなかったが……。どうやら本当のようだな。〝帰れぬの森〟に住んでいるというのも、信じがたい話だが……。〝真偽の魔術石〟で問題ないのであれば、問題は〝ある〟が、事実なんだろうなぁ〜」

「〝帰れぬの森〟？」

どうやらわたしが住んでいる森は、町ではそのように呼ばれているらしい。

「山を一つ越えた奥に行かなければ、弱い魔獣しかいないないよ？　今のところ、弱クマさんとか、せいぜい、老人顔さんぐらいしか見てない」

あえて言うなら、ケルちゃんかな？　大人のケルベロスには気をつけなさいって、ママも言ってたし。

アーロンさんが訝しげな顔をして訊ねてくる。

「老人顔さんってなんだ？」

「老人顔で、毒を持っていて、不味いの」

「え？　……いや、何か、嫌な予感がするんだが」

「確か、マンティコアって言うんだって」

「なっ⁉」

「うへぇ⁉」

とか、皆がよく分からない声を発する。

「く、く、組合長ぉ～　マンティコアって、仮にこの町に来たら……」

ライアンさんが何やら汗が流れる頬を引きつらせて訊ねると、組合長は沈痛な顔で言う。

「狡猾《こうかつ》でいて嗜虐《しぎゃく》的、一度獲物と認識したら、どこまでも追いかけてくるしつこさがある。身体能力、特にその素早さはまさに疾風《しっぷう》のごとく、それでいて背中の羽で空を舞うことすらできる。また、上級の火炎魔術の直撃すら耐えきる頑強さと、1カ月以上飲まず食わずで戦い続ける体力を持つ。老人の顔をしていて、その口を使い魔術も操《あやつ》れる。何よりその尾の先から速効《そっこう》性《せい》のある毒針《どくばり》を雨のように吹き出すことができ、一説では千の軍隊すら屠《ほふ》れると言われている。

それが、マンティコアだ。……間違いなく、町は壊滅だな」

「いやいやいや！　ないない！　弱いよ、老人顔さん！」

って言っても、全員、胡乱《うろん》げな顔でこちらを見るだけだ。

アーロンさんがため息をついた。

「いや、正直信じられない話だが……。だが、その話が本当で、この近くにマンティコアが生息しているのであれば、ある程度対策をとらないといけないなぁ」

弱いと思うけどなぁ～　大体、キック一発で終わっちゃうし。

老人顔さんよりはまだ、ワイバーン《偽竜君》の方が強いと思うなぁ。

そんなことを思っているうちに、ライアンさんとアーロンさんの間で話が進んでいく。どうやら、赤鷲の団団長のライアンさんは、あらかじめ組合長のアーロンさんにわたしのことを説明していたらしい。冒険者になった場合の問題点も相談していたとのことだ。

問題点……。どうも、女の子が弱クマさんをやっつけるって知られるのはよろしくないらしい。新人や若手が知れば「あんな子に倒せるなら、俺だって！」と突貫《とっかん》する者が出たり、ベテランや上級者は「あんな子に倒せるのに……俺の何年もかけた努力とは一体……」って落ち込んだりする可能性が高いらしい。なので、極力知られない方向で行きたいとのことだった。

「通常、狩ったものは冒険者組合の窓口で受付をすることになっているが、しばらくの間は、人目をなるべく避けながら、直接解体所に持ってきてくれ。そうすれば、影響を減らすことができる。できれば、赤鷲の誰かに同行してもらえると、なおいいな」

なんだか面倒くさそう、と口を尖らすと、代わりに荷車《にぐるま》をくれることになった。それに載せて、覆いを掛けて持ってきて欲しいとのことだった。

「お前にとっても、変な奴に絡まれたりしなくていいだろう？」

とアーロンさんに言われる。まあ、確かにそうかってことで、了承した。


貰った荷車を引きながら、我が家《国》に到着！

車輪で結界石を蹴らないように注意しながら、中に入る。なんとか、空が暗くなりきる前に帰ることができた。

あれから、色々大変だった。

組合長室で話していると、受付嬢のハルベラさんが、冒険者登録が完了したと言いに来た。

そして、冒険者の証《あかし》となる腕につける形の金属板を貰った！

銀色で縦横３×５センチぐらいの大きさのプレートで、両端に紐を通す穴がある。ブレスレットのように腕につけると説明を受けた。

文字が読めないから分からないけど、それには、サリーという名前が彫られているらしい。

あと、小さい石が埋め込まれていた。なんでも、特殊な器具にそれを通すと、名前や所属する組合などの簡単な情報を読み取ることができるらしい。

「ひょっとして、レベルも分かるの⁉」と訊ねたら、「れべる？」と小首を傾げられた。

そんな凄い機能はないらしい。ただ、何級、何段の冒険者かぐらいは分かるそうだ。

それでも、凄い！　――のかな？　よく分かんない。

因みにわたしは８級とのこと。

「10級じゃないの？」

と訊ねると、９級と10級は10歳未満の、働かざるを得ない子供たち用なのだとか。

次に、組合長のアーロンさんに連れられ、解体所に行った。

そこで解体所の所長グラハムさんを紹介された。縦にも横にも大きいお相撲《すもう》さんみたいなおじいちゃんだった。髪もひげも白くてもじゃもじゃしているのに、目はつぶらで可愛かった。

そんなおじいちゃんが「こんな小っちゃい女の子が〝森の悪魔〟をな……」と、不思議そうに見下ろしてきた。いや、グラハムさんが大きいだけだから！

「無理せん程度に狩ってきてくれ！　ガッハッハ！」

と背中をバンバン叩かれた。笑い声も大きい！

貰えることになった荷車も大きかった！　５メートルほどの弱クマさんぐらいならまるっと載せられそう。一緒に貰ったカバーもなかなか良いものらしく、雨を弾《はじ》いてくれるらしい。

素晴らしい！

できれば、最初に弱クマさんを持ってきて欲しいとお願いされた。

肉、毛皮はもちろん、骨や臓器も薬《くす》師《し》さんに売れるらしい。

「お肉は食べたいから、それ以外になるよ」

と言ったら、それでも良いとのことだったので、了承した。

その後、赤鷲の団の皆に付き合ってもらい、町に出て色々購入した。荷車があるから、持ち金すべて使いきる勢いで買いまくった。

木製のものは物作り妖精のおじいちゃんが作ってくれそうだから、壺、皿《さら》、コップとか陶器《とうき》製のものや、ナイフ、フォーク、鍋、鉄板、フライパンなど金属製のものを何個か買った。

エルフのお姉さんが来るかもだから、食器類は一応、２人分購入した。あと、土足厳禁《どそくげんきん》の間で使用する布を購入。白の綿生地《めんきじ》で、大量買いをしたらお店の人とアナさんに驚かれた。

まあ、それでも新居に移る人とかで、時々そういうお客さんがいるにはいるらしい。

糸や針も売っていたので、購入する。白い糸のほかに、赤とか緑とかのものもあった。使うかなぁ～ってことで、全種類1つずつ購入した。沢山買ったので、いくらか安くしてくれた。

助かります！

店を出たあと、クッションとかの綿《わた》も欲しいなぁ、と赤鷲の団のアナさんに話したら、なんと綿花《めんか》の種を売っている店に連れていってくれた。

「さっすが、アナさんは分かってる！」と絶賛したら、ニコニコした美人系冒険者さんに、

「わたし、趣味でぬいぐるみを作っているの」と囁かれた。

「分かった。沢山作って渡すね！」

と言ってあげたら、嬉しそうにしていた。

服屋さんも一応、何軒か見て回ったけど、触り心地がゴワゴワしているから、結局買わなかった。ママが用意してくれた服は、ママの毛でできているから、どれだけ洗濯しても悪くならないしね。

あと、アナさんに一応買っておきなさいと言われて、常備薬《じょうびやく》も購入した。魔法があるから不要だと思ったけど、まあ、一応ね。

そうこうしているうちに、以前、赤鷲の団のアナさんに渡されたお金が尽きてしまった。

「貸してあげようか？」ってアナさんに言われたけど、前世の記憶があるからだろう、お金は極力借りたくない。

丁重に断っておいた。

でも、ケーキはご馳走になった！

この前に教えてもらった〝王妃様の苺の焼き菓子〟ってケーキで、凄く美味しかった！

見た目はショートケーキ！

前世のケーキみたいにスポンジ生地じゃなく、多分ビスケット生地だと思う。だけど、たっぷりの生クリームに包まれていて、何より上に苺が載っているので、もう、これはショートケーキでいいと思う！

フォークでサクリと切り取って、パクリとしたら、思わず「甘～い！」と声が出ちゃった。

久しぶりのケーキにほっぺがとろけそうになっちゃった！

アナさんも「美味しぃ～い」とニコニコ笑顔だった。

上に載っている苺は、シロップ漬《づ》けなのかな？　甘酸っぱくて良い感じだった！

しかも、生地にも挟まれていて、最高だった！

ただ、赤鷲の男性２人は、こんなに美味しいケーキなのに、何故か注文せず、お茶ばかりを飲んでいた。何故？　って訊ねたら、ライアンさんは、

「大人になったら、甘いものを食べなくなる」

って言ってた。マークさんも頷いているし。「格好をつけているだけ」とかアナさんは言っていたけど、でもそうかぁ～、大人になったら、甘いものは食べないのかぁ。

そうすると、ママも甘いものは駄目なのかな？

冷静に考えると、あんなに格好よくて強いママには、こういった甘いものは似合わないか。

ワイルドにお肉を囓ってる方が格好いいもんね。

まあ、でも、わたしはまだ子供――だから、食べてもいいよね！

「ああ、持って帰りたいなぁ」

妖精姫ちゃんたちにも食べさせてあげたくなり、呟くと、店長さんがニコニコしながら近づいてきて、「お持ち帰りもできますよ」と教えてくれた。

これは、弱クマさん狩りを頑張らないといけない！


そんなことを思い出しつつ、決意を新たに荷車を家のそばに置く。

そういえば、雨が降ったらこの荷車、濡れちゃうなぁ。

貰ったカバーを掛けておけば、いいかな？　一応、防水性はあるらしいんだけど……。

どこまで、信用していいものか。

などと考えていると、妖精姫ちゃんたちがすーっと飛んできた。そして、何やらわたしの周りを飛びながら、鼻をスンスンとさせている。あ、ケーキの匂いが残っちゃってるかな？

「さっき、町で美味しい焼き菓子を食べてきたんだよ！　明日、狩りをしたお金で買ってくるから、皆で食べようね！」

と言ってあげると、妖精姫ちゃんたち、嬉しそうにクルクル飛び回った。

可愛い！

朝、起きた！

今日は弱クマさん狩り、および、王妃様ケーキを購入する日だ！

昨日、ケーキ屋のおじさんにも買いに行くと宣言したし、おじさんもニコニコしながら作り置きしておいてくれるって約束してくれたし、頑張るぞ！

朝ご飯を食べ、ケルちゃんの黒い毛をモフモフしたあと、家を出る。

ん？　結界の外に蟻さんたちが来てた。

近づいてみる。種を持ってきたの？

え？　ない？

にもかかわらず、物欲しそう（推測）な顔で、オレンジやスモモの木を眺めている。

う～ん。オレンジとか蟻さんが持ってこなければ食べられなかったし、分けてあげてもいいんだけど、毎回は健全じゃない気もする。

でも、種なんてそんなに都合よく見つかるものじゃないかも。

そんなことを考えていると、足をツンツンされる。ん？　物作りのおじいちゃん、なあに？

え？　何これ？

物作り妖精のおじいちゃんが赤茶けた石をわたしに差し出してくる。え？　何？　蟻さんにこれを持ってきてもらうの？　物作り妖精ちゃんの1人が、何故か昨日買ってきたばかりのフライパンを家から持ってくる。

「この石で、これができる？　え、これ鉄鉱石《てっこうせき》なの？」

蟻さんに結界越しから渡してみる。

……え？　見たことあるの？　種より簡単？

何やら自信ありげに胸（？）を張っていたので、オレンジとスモモを少し与えて応援することにした。でもまあ、正直、金属類は町で買えばいい気もするけど……。

え!?　文句!?　ないです！　ないです！　期待してます！　期待してますよ！

え、石が来る前に製鉄する場所を作る？

それって、無茶苦茶大がかりなことになるんじゃ……。

ちょ！　分かった！　分かったから、下からスカートを引っ張らないで！

脱げちゃうから！　ハイハイ、分かりました！　分かりましたから！

でも、町から帰ってきたらね。うんうん、約束ね！

早速出かけようかと、昨夜、荷車を置いた場所に視線を向けると……なかった！

え⁉　どこ⁉

え、ああ、以前作ってくれた物置にしまってくれたんだね。

行くと、物置に荷車がしまわれていた。ここなら、雨に降られても傷《いた》んだりせずに済むね。

あれ？　この荷車、何かキラキラした石がついていてオシャレになってるんだけど⁉

これをつければ荷車の強度が上がる⁉　多少乱暴に扱っても大丈夫⁉

凄ぉ～い！

嬉しくて、物作り妖精のおじいちゃんを抱き上げて、ギュッとした！

物作り妖精のおじいちゃん、ちょっと照れてた。

可愛い！

え、製鉄の件、頼んだぞ？　了解！

出かける前に一つやることがあった！　赤鷲の団のアナさんに渡すために、綿花を育てる。

やはりというか、妖精ちゃんたちに花壇から離れた場所でやるように指示を出された。

う～ん、森を開拓して花以外を育てる場所を作った方がよいのかな？

そんなことを考えつつ、「育てぇ～！」をする。

ニョキニョキと育ち、ポンポンと綿が出来た！

生まれた種も使って、ポンポン作っていく。結構多くなったので、一旦、家に運ぶ。あ、手芸妖精のおばあちゃんたちが集まってきた。

クッションとか、これで作ってくれる？　問題ない？　ありがとう！

2回ほど渡したあと、赤鷲の団のアナさん用に袋詰めをする。綿を詰め込んだそれは、わたしの上半身が隠れるぐらいパンパンに膨れた。喜んでくれるかな？


綿を詰め込んだ袋を荷車に載せて、出発する。

といっても、まずは弱クマさんを探さなくてはいけない。荷車をゴロゴロ引きながら、きょろきょろ辺りを窺《うかが》う。う～ん、どうでもいい時は鬱陶《うっとう》しいほどうろうろしているのに、肝心《かんじん》な時は見つからない。せっかくだから、水兵さんみたいにセーラー服の襟《えり》を使って音を集めてみよう。わたしは手近の木に登り、襟を立ててみる。

……ん？

セーラー服のお陰か、たまたまなのか分からないけど、何やら争うような音が聞こえる。この雑な音――弱クマさんだ！（偏見《へんけん》）

飛び降りると、荷車を引きながらそちらに向かう。弱クマさんが巨大な蜂《はち》の巣に取りつき、蜜蜂《みつばち》や幼虫《ようちゅう》をむさぼり食べていた。

もう、蜂蜜《はちみつ》まみれでテカテカしてるのに、気にせずに凄い勢いだ。壊れた蜂の巣の大きさはわたしの家の2倍ぐらい――ここまで大きいと恐らく巨大蜂《きょだいばち》さんだと思うんだけど……。

あ！　あれ、女王蜂さんかな？

頭から血を流している1メートルぐらいのハチさんが、気を失っているようでぐったりしている。それを、弱クマさんが捕まえようとしている。弱クマさんがニヤリと笑った気がした。

……。

女王蜂さんの頭を囓ろうとする弱クマさん――その頭に後ろからキックを食らわせた。

うわぁ～足が蜂蜜でベッタリ。でもまあ、弱クマさんをゲットした！

ついでに、意識を失っている女王蜂さんを回復してあげた。

しかし、毛皮とかここまでベッタベタだと、荷車が酷いことになるなぁ。わたしは一旦、白いモクモクを桶代わりに、弱クマさんをゴシゴシ洗う。……あまり洗えている感じがしないけど、仕方がない。次に、弱クマさんの血抜きをする。冒険者組合でも推奨されたしね。

それにしても……。兵隊蜂さんはどうしたんだろう？

巨大蜂さんは大まかに分類すると女王蜂さん、働き蜂さん、そして、兵隊蜂さん（雄蜂さん）に分けられる。その中の兵隊蜂さんは戦闘特化のハチさんだ。

もちろん、魔虫《まちゅう》に分類される彼らだが、それほど強くはない。一度、理由は分からないけど、30匹ほどの兵隊蜂さんに襲われそうになったことがある。その時なんて、大きい兄《クー》ちゃんがフーッと息を吹きかけたら遠くまで吹っ飛んでいっちゃった。

それでも、1匹あたりの強さは弱クマさんぐらいはあったと思うから、そう簡単にはやられないと思うけどなぁ。

なんて思っていると、弱クマさんにやられたのであろう10センチほどの働き蜂さんの死骸に混ざって、50センチぐらいの大きなハチさんが転がっているのが見えた。

あ、兵隊蜂さんだ！　普通のハチさんとは違って、上半身がカブトムシとかみたいな甲殻《こうかく》に覆われているからすぐ分かる。だけど、自慢の甲殻もバキバキに割れていて痛々しかった。

弱クマさんにやられたのかな？　でも、弱クマさん程度で、ここまでできるかなぁ。あれ、生きてるハチさんもいる。

……ふむ。

わたしは血抜きの間に、働き蜂さんも白いモクモクに包んで回復してあげることにした。実は巨大蜂さんに関しては、むやみに助けることを嫌うママからも、できるだけ救ってあげるように、と言われているのだ。巨大蜂さんはその存在だけで、森を活性化させるのだとか。

ママは色々話してくれた。

……よく分からなかったけど、まあ、凄く熱心に言っていたから、その通りなのだろう。

あと、お姉ちゃんからも、絶対に助けてあげるように頼まれていた。お姉ちゃんはママと違って、巨大蜂さんの蜂蜜狙いだろうけど。そういえば、独立したら巨大蜂さんを飼育《しいく》して、蜂蜜を大量に献上《けんじょう》させるって、目をキラキラさせていたけど、どうなったのかな？

『あなたもそうしなさい！』とか言われていたけど、飼育とか難しそうだし、下手をして死なせちゃったりしたら寝覚《ねざ》めが悪いから、わたしはやらないけどね。

あ、女王蜂さんが目を覚ました。

女王蜂さんは触覚《しょっかく》と複眼《ふくがん》だけど、比較的人型に近い格好をしている。

辺りを見渡してこちらを見る。一瞬、警戒するように硬直したけど、弱クマさんを見て、ポカンとした顔になった。そんな彼女のそばに、回復済みのハチさんたちを置いてあげた。

慌てたように、様子を見ている。生きているハチさんは兵隊蜂さんが2匹に働き蜂さん20匹、ほぼ壊滅に近いけど、立て直すのは絶望的というほどでもない。よし、血抜きはこれぐらいでいいかな？　弱クマさんを荷台に載せる。町に向けて出発進行だ！

ん？　どうしたの、女王蜂さん？　え？　お礼？

いいよいいよ、これから大変だろうし……。

え？　蜂蜜？　お、お気遣いなく……。

蜂蜜は好物で、特に巨大蜂さんのものは凄く好きだったんだけど……。今は考えないことにしていた。だって、その蜂蜜、ハチさんのぐちゃぐちゃに散らばった死骸に浸《ひた》されたものだから……。少なくとも、今のそれは舐めたいとは思わない。

わたしは大きく手を振ってから、逃げるように荷車を引き、町に向かった。


荷車をゴロゴロしながら、我が家《国》に到着！

いやぁ～疲れたぁ。

弱クマさんを載せた荷車を引きつつ、町に入ろうとするところで大騒ぎになった。

わたし、冒険者組合の組合長さんの言う通り、弱クマさんが見えないようにカバーを掛けて持っていったのに……。話を聞いていなかったのか、中年の門番さんが「弱クマ？　なんだそれ？」とか言いながら、それを無造作に外して、弱クマさんとご対面――「ひやぁぁぁ！」とか声を上げて、何故か詰め所にあったテーブルに突撃した。

そこから、載っていた皿が落っこちて割れるわ、その上に手をついて中年の門番さんがまた絶叫して外に逃げ出すわ、その騒ぎのために巡回兵《じゅんかいへい》さんが飛んできて、弱クマさんと対面し、「うひゃぁぁあ！」と腰を抜かし、「警報《けいほう》をぉぉお！　警報をぉぉぉ！」と叫び出して、けたたましい鐘《かね》が鳴り響き、外門が閉じ、内門が閉じて、わたしはポカンとしている間に閉じ込められてしまった。

外からは、「あの少女はもう駄目だ！　諦めるしかない！」とか聞こえるし、「だったら、中に火の魔術をぶち込もう！」とか聞こえるしで、流石のわたしも、ちょっとヤバいんじゃないかな？　って思い始めていると、「いいから、さっさと開けろぉぉぉ！」という野太い声が聞こえてきて、内門が少しだけ上がり、下から顔が覗いた。

門番のジェームズさんだった。

恐ろしい顔をさらに険《けわ》しくさせていたから、今度はわたしが「ひゃぁ！」って声を上げてしまった。

そこから、門番のジェームズさんと駆けつけてきた組合長のアーロンさんのお陰で、誤報《ごほう》と言うことで片をつけてもらい、組合長さんと冒険者組合の解体場まで向かった。

すると、今度は職員さんが「こ、これは！　〝森の悪魔〟！」「本物だ！」「しかもこの大きさ、ここの冒険者組合が始まって以来のものだぞ！」などとワァ～ワァ～叫び出した。

そして、「どこで倒した？」とか、「どうやって倒した？」とかギャアギャア聞かれて、お金を貰って、外に出る頃にはぐったり疲れてしまった。

本当は、町中《まちなか》を見て回ろうと思っていたけど、もう、そんな気力もなく、冒険者組合に行くと、受付嬢のハルベラさんに、アナさんに渡して欲しいと綿入れ袋を預かってもらい、例のケーキ屋さんで〝王妃様のふんわり焼き菓子〟を3ホール購入すると、さっさと帰ってきたのだ。


あぁ～疲れた。

家に向かって荷車をゴロゴロしていると、妖精姫ちゃんが凄い勢いで飛んできた。

何事⁉　え？　ついていけばいいの？

ついていくと、朝に会った巨大蜂の女王蜂さんが結界の外に立っていた。

お供も周りを飛んでいる。

あれ？　先ほどぶり。

すると、妖精姫ちゃんが結界の外に出ていく。

ちょっと！　説明して！

森の中を南東方面に少し行ったところに、狭いながらも開けたところがあり、妖精姫ちゃんがそこで止まって身振り手振りし始める。

え？　この辺りを開墾するの？

妖精姫ちゃんが木に印をつけていく。どうやら伐採すべき場所に印をしているらしかった。

うん、分かった。分かったけど、まずはケーキを家の中に置かせてね。

ハイハイ、ダッシュで行ってきます！

急いで、〝王妃様のふんわり焼き菓子〟を家の中に運んだ。物作り妖精のおじいちゃんに作ってもらった、冷蔵庫もどきにそれを保管する。

で、戻ったあと、妖精姫ちゃんの言う通り、ガツガツと伐採する。応援のつもりか、兵隊蜂さんたちが上空を飛び回っていた。あ、見張りをしてくれているのかな？

そんなこんなで1時間ほどかけて、結構なスペースができた。我が家4つ分と同じぐらいかな？「このあとどうするの？」と訊ねると、妖精姫ちゃんが種を持ってきた。

え？　これを育てるの？　うん、え？　そっち？

妖精姫ちゃんの指示通りの場所に種を植えると、植物育成魔法を使う。

「育てぇ～」

すると、芽が出て、ムクムクと大きくなって……。

ちょっと、大きくなりすぎじゃない!?

我が家、裏の大木再びか！　と慌ててその場を離れる。

けどそこまでは大きくならなかった。まあ、一般的な大木（？）ぐらいだ。

成長が止まると、枝から黄色い花が咲き乱れる。

あ、これシナの木だ。

前世で、理由は忘れちゃったけど、紙の原料になる木について調べていて、その時、この木を知ったんだ。咲かせる花は、蜜蜂を集めるとかなんとか書いてあったはずだから、そのために育てさせたのだろう。

早速、働き蜂さんが花に群がっている。

ん？　ここに巣を作るの？　え、いや、それは構わないけど……。

結界の中じゃないけどいいのかな？

あ、結界は一度出ると入れなくなるから、駄目なのね。

足下に気配を感じ、視線を向けると、物作り妖精のおじいちゃんたちがやってきてた。

え？　伐採した木を乾燥させろ？　はいはい、分かりました。

乾燥させるとそれを使い、凄い勢いで四方の柱と壁、そして屋根だけの小屋を完成させる。

小屋って言っても、我が家より一回りぐらい大きかった。地面と壁、壁と尖った屋根の所々に隙間がある。

そこが入り口なのかな？　こんなんで、大丈夫なの？

女王蜂さんはこくりと頷いてみせる。問題ないようだ。

やることがなくなったので家に戻ろうとしたら、妖精姫ちゃんに引き留められた。

あ、物作り妖精のおじいちゃんたちを、わたしが結界内に入れないと駄目だったんだ。

しかし、妖精姫ちゃんは自由に行き来できるのに、物作り妖精のおじいちゃんたちができない理由ってなんだろう？　その辺りの説明は聞いた気がするけど、ママにくっつくのに一生懸命であんまり覚えていないんだよね。次に会う時にでも、聞いておこう。

仕事を終えた物作り妖精のおじいちゃんたちがこちらにやってきた。そして、おもむろに足にへばりついてくる。

ちょっと！　スパッツを履いているとはいえ、スカートの下から見上げられるのは、流石に恥ずかしい！　普段だって、体格的にそういう状態でも、真下に回られるのは、嫌だ！

なので、物作り妖精のおじいちゃんたちを抱え込み、持ち上げることにした。すると今度は、わたしの胸の中で物作り妖精のおじいちゃんたちが恥ずかしそうにしている。

何故？　ま、いいか。

家に戻ろうとすると、女王蜂さんに引き留められる。

え、蜜を持っていけ？

働き蜂さんが、蜂蜜のべったりついた巣の欠片を持ってきた。朝の状態が脳裏をよぎる。

いや、あの、お断りを、などとあたふたしていると、近衛兵士妖精君が2人して、大きなタライを持って飛んできた。そして、働き蜂さんから巣の欠片を受け取り、戻っていった。

う、うん。まあ、いいけどね。

家に帰ると、既に用意万端《ようい ばんたん》、整っていた。

テーブルの上に3つの大皿。その上に、冷蔵室に先ほど入れたはずの〝王妃様のふんわり焼き菓子〟が載っている。ホールで購入したそれは凄く細かく分割されていて――もう、いつでも食べられる準備が万全《ばんぜん》だった。

……まあ、いいんだけどね。

もちろん、皆のために買ったんだからいいんだけどね。

テーブルの上に座り、キラキラした目でこちらを見ている妖精ちゃ《皆》んたちに、わたし、「よく我慢しました！」って言わなきゃならないのかな……。

そんなことを考えていると、ニコニコした妖精姫ちゃんが、わたしを椅子の方に誘導する。

上着をちっちゃな手で引っ張る妖精姫ちゃん、可愛い！

椅子に座ると、わたしの前に置かれたケーキは、まあ一応気を利かせてくれたのか、皆のよりは大きかった。それが何故か2つ置かれる。

？　妖精姫ちゃんのかな？

と思ったけど、いつの間にかテーブルの上に用意されていたミニチュアなテーブルと椅子に座る彼女のそばにも、わたしと同じ大きさのケーキが置かれていた。

明日の分かな？

皆の視線が痛かったので、「どうぞ」と勧めてみた。妖精ちゃんたちが凄い勢いで、ケーキに突撃していった。勢いが凄すぎて、頭から突っ込み、クリームまみれになっている子もいた。

大丈夫かなぁ。

流石、妖精姫ちゃんはお行儀がいい。妖精メイドちゃんに切り取ってもらったのをミニチュアテーブルに載せ、小さなナイフとフォークを使いお行儀よく、でもとろけるような顔で食べている。妖精姫ちゃんが使っているあれらは、わたしが買ったものではない。昔から持っていたものなのか？　それとも、物作り妖精のおじいちゃんに作らせたのかな？

そんなことを考えつつ、わたしもフォークで切り取りパクリと食べた。

「うぅ～ん、美味しい！」

柔らかな甘みが、酸味《さんみ》のある果物と絡まり合い、口の中いっぱいに溢れた。香ばしくってサクサクとしたビスケット生地も、良いアクセントになっていて、あぁ～幸せぇぇぇ！

あっという間に1皿なくなってしまった。うん、わたしは妖精ちゃん《皆》とは違い、体が小さくないから足りない！

やっぱり足りない！　わたしは明日の分として取り分けてくれたのだろう皿に手を伸ばす。

ん？　どうしたの妖精姫ちゃん。

ん？　妖精姫ちゃんが家の奥を指さして何かを言っている。その先の部屋には……転送の魔法陣がある。

あ、ひょっとしてママのために取っておいてくれたのかな？

あれ？　妖精姫ちゃんに、そのこと言ったっけ？　う～ん、わたし時々独り言を言ったりしてるらしいから、漏れ聞こえちゃったのかな？

でも、妖精姫ちゃんは分かってないなぁ。だから、教えてあげた。

「姫ちゃん、ママは大人だから子供みたいに甘いものは食べないんだよ」

そう言って、ケーキをフォークで刺すと、ムシャムシャと食べる。美味しぃ～。もう1ホール《個》買ってくるべきだった！

妖精姫ちゃんが『あぁ～！』って顔をしている。

でも、これはわたしが買ってきたんだから、わたしが一番多く頂くのは当たり前なのだ！

あ、でもケーキはともかく、ママにお裾分けをしなくちゃ駄目だよね！　なんやかんやあって、すっかり忘れていた。

わたしは、弱クマさんの一番良いところ（モモ肉）の上に、育てて乾燥させたばかりのコシ

ヨウやハーブをパラパラとまぶす。焼くと香ばしい香りが素晴らしい！　お兄ちゃんがいたら、口の周りが涎まみれで大変なことになってそう。

などと思いながら、妖精ちゃんたちに視線を向ける。驚くほど興味なさげだった。興味なさげに後片付けをしながら、恐らくケーキの美味しさのことで盛り上がっている。

妖精って、お肉は食べないのかな……。なんだか寂しくなりながらも、お肉を大皿に載せる。人参とかジャガイモとか野暮《やぼ》なものは載せない。ママはフェンリル様なんだもの、お肉以外には興味ないもんね！

そうなんだよね、それにもかかわらず、わたしやお姉ちゃんに合わせて、蜂蜜とかエルフのお姉さんがくれた種から育てた砂糖大根《テンサイ》とかを美味しそうに食べていたけど、やっぱり我慢していたんだよね。

わたし、本当に子供だったから、そんなことも気づかずに、いっぱいママに食べてもらおうとしてたよね。

だけど、今回からは本当に、ママが好きなものを送るよ！

転送の魔法陣の上に皿を置き、魔力を流す。一瞬輝くと、皿は消えていた。

よし！　っと部屋から出ようとすると、遠くでママの遠吠えが聞こえた気がした。

ふふふ、喜んでくれたみたい！

5章　娘（人間）の行動が不可解すぎる！

フェンリルとは人間の神話からつけられた通称で、狼型である彼女ではあったが、その呼び名でこの神獣のことを語るのは本来であれば正しくはない。

彼女の本当の名は〝　　　　〟という。〝世界を駆ける獣〟という意味である。

だが、この地上で、彼女のその名を知る者は少ない。その理由の一つに、多くの者が呼ぶ、フェンリルという通称が一般化してしまったことがある。それは、矮小《わいしょう》な人間《存在》からの呼ばれ方に対して、彼女が酷く無関心だったことによる帰結とも言える。

数少ない例外はあるものの、彼女が人間に対して、足下で蠢《うごめ》く蟻程度の興味しか、持っていなかったのだから致し方なかった。だが、何より大きいのは、多くの人間を含む大半の存在が、彼女の名を〝聞き取る〟ことができないためだろう。

本来、名は魂に付随《ふずい》する。

故にと言うべきか、それは同格以上でなければ呼ぶどころか、聞き取ることすらできない。

人間の中には王とか皇帝とか、はたまた神の使いなどと自称し、他の者と別格だと主張する者もいる。だが、真の意味で格の違いがあるのであれば、自身の名前は、格下から呼ばれることはない。

そういう〝もの〟なのである。

それは、親子であっても同じで、先ほど送り出したフェンリル《彼女》の子供たちであっても、今はまだ、彼女の名を聞き取ることはできないだろう。

『それでも、近いうちに聞き取れる子も現れるでしょうね』

フェンリル《彼女》の愛する子らの、薄れゆく残り香を惜《お》しみながら、フェンリル《彼女》はそんなことを呟いて目を細めた。

驕《おご》れる人間たちの後始末のために、地上に降りた六神——その降臨《こうりん》に同行した彼女は、既に二千年もの間、この地上で生きている。初めのうちは六神に従い、地上を走り回っていたが、この〝地〟も落ち着き、現在では神々から離れ、この世界の法である〝弱肉強食《じゃくにくきょうしょく》〟の頂点として、その威を示すことを〝役目〟としている。

だが、それもそろそろ終わりに近づいている予感がしていた。

初めて産んだ3匹と、拾った1人——彼らは名を得て〝柱《はしら》〟となった。

彼らの中で、一柱《ひとはしら》でもフェンリル《彼女》の名が聞き取れるようになれば、その時、フェンリル《彼女》は彼《か》の地に戻ることになる。

『できれば、あの子でなければいいのだけど……』

フェンリル《彼女》は少し困ったように、でも優しく、目を緩ませる。

いつも、フェンリル《彼女》にくっついて甘える、可愛らしい娘……。

独り立ちどころか、まともな狩りに行かせるのも一苦労な甘えん坊な娘……。

もし、フェンリル《彼女》の名を聞き取り、それが故に別れなければならないと知ったら、多分酷く泣くだろうから。自分のせいで起きる別れに、赤ん坊のように泣いてしまうだろうから。

そうすると、フェンリル《彼女》は振り返ってしまいそうだから。

誇り高きフェンリル《彼女》らしからぬ情けない表情で、振り返ってしまいそうだから……。

だから、あの子でなければいい――そう思ってしまって……。

『でも、なんとなく、あの子じゃないかって思ってしまうのよね』

フェンリル《彼女》は苦笑する。何故かいつも、『やだやだ！』とか『怖い怖い！』とか『わたしには無理！』とか叫びながらフェンリル《彼女》にしがみつき、まるで隠れるように毛に埋もれる娘だ。

確かにまあ、フェンリル《彼女》に比べれば小さく、か弱く見える。だが、そんな子であっても、フェンリル《彼女》の一部を取り込み《乳を飲み》、フェンリル《彼女》の元で育ち、学んだ、フェンリル《彼女》の娘なのだ。

弱いわけがない――フェンリル《彼女》は強く確信していた。

確信していたのだが……。

しばらく、独り立ちの試練に向かった子供らの行動を観察していたフェンリル《彼女》だったのだが……。今は洞窟の中でグッタリ横たわっていた。

どころか、最高位であり、最強の神獣の一柱に数えられるフェンリル《彼女》が、前足で頭を抱えていた。

『あの子は……。あの子は……。一体何をやってるのぉぉぉ⁉』

うぁおおおん！　という声が、洞窟中に響き渡った。

◆◇◆◇◆

フェンリル《彼女》が〝呑気《のんき》〟に満足感やら感傷に浸っていられたのは、ずいぶん短い間であった。

遠見《とおみ》の魔法陣の上に浮かび上がらせている円形状の画面――それに魔力を込めながら、長子《ちょうし》から順に、その様子を眺めていた。

『あらあら、大きい息子ったら、着いて早々、北の森で最も大きい黒竜に向かっていくのね』とか、『大きい娘は綺麗好きだから、死霊生物《腐った存在》なんて、燃やし尽くしてしまいそうね』とか、

『小さい息子、いくら美味しそうに見えても、飛んでいるロック鳥《ちょう》を落とすのはわたしでも少々難しいわよ？……え？　そんな方法で⁉　凄いわね！』などと、１人呟く声も弾《はず》んでいた。

さらには、早速とばかりに、小さい息子からロック鳥のモモ肉が送られてきたのだ。

フェンリル《彼女》の口元が上機嫌に緩むのも致し方なかった。

神獣として育ちきったフェンリル《彼女》は、既に食料を必要としていない。

だが、フェンリル《彼女》と同等の存在の中には、何百年も食べずに生きる者も存在した。

フェンリル《彼女》は食すのを止めなかった。フェンリル《彼女》は食い道楽《どうらく》なのである。特に、人間が作る料理とやらがお気に入りであった。一時期など、人間を脅迫《きょうはく》し、定期的に料理を奉納《ほうのう》させたりしていたぐらいである。

『どれどれ』と届いた肉を白い魔力で引き寄せてから、がぶりと噛みつく。

『う～ん、流石はロック鳥ね。生でも十分に美味しいわ』

今回、子供らに試練を課すにあたり、フェンリル《彼女》も自身に縛りを設けることにしていた。全員の試練が終わるまでは、子供たちから送られてくる獲物のみ食すというものだ。

まあ、別に深い意味はない。ただの娯楽というか、その程度の話であった。全員が戻ってきた時の、ちょっとした笑い話にでもなればいい——そんな気まぐれを起こしただけのことだ。

ロック鳥のモモ肉を食べ終えたあと、口の周りをぺろりと舐め、フェンリル《彼女》は機嫌よく、遠見の魔法陣に視線を戻した。

『さて、小さい娘《あの子》はどうしているかしら？』

実はこの試練、フェンリル《彼女》の末娘《すえむすめ》のみ、非常に易《やさ》しいものとなっている。

他の子供たちを送ったところは、危険地帯や強力な魔獣が存在していた。むろん、フェンリル《彼女》の子供であれば、多少手こずったとしても、越えることのできるものではあった。

ただ、甘く見ると痛い目に遭う、そのぐらいには困難であった。

だが、サリー《小さい娘》の場所は違う。例えば森の中で、サリー《小さい娘》が身一つで寝転がり、深く寝入ってしまったとする。周りに住まう何百もの魔獣がそれを見て取り囲み、襲いかかったとしても……。無傷《むきず》のまま何事もなく時が過ぎる。それくらいには緩い場所である。

本来であれば子供たちの試練の場として相応しくないのだが、あえてサリー《小さい娘》をそこに送ったのには理由があった。

１つはサリー《小さい娘》がとにかく臆病ということだ。乳離《ちばな》れしたばかりの子供でも、簡単に倒せてしまう弱いクマ（通称、弱《じゃく》クマ）を見て縮み上がってしまったなど、サリー《小さい娘》の情けない逸話《いつわ》は枚挙に暇《いとま》がない。正直、なんでそこまで臆病なのか、何千年も生きるフェンリル《彼女》をして、理解できなかった。

『純粋な戦闘力だけなら、体格差があるから確かに子供《あの子》たちの中では幾分劣《いくぶんおと》るとは思うけど……。少なくとも、今、大きい息子が戦っている黒竜程度なら、多少、手こずりはしても倒せるでしょうに……』

フェンリル《彼女》は普段から、首を捻っていた。

だからこそ、今回の森であった。流石に、あそこまで弱い魔獣ばかりであれば怖がることもないだろうし、そのうち、自信もついてくるのでは？　フェンリル《彼女》はそう、期待していた。

そして、もう1つは人間の町に近いことだ。

前記にもあるが、フェンリル《彼女》は人間の作る食べ物が好きだ。特に、甘いものが大好きだ。一時期、それを手に入れるために、人間の国を縄張りに加えようとしたほどだ。

ただ、フェンリル《彼女》は言葉を聞き取ることはともかく、口の構造上、人間の言葉を話すことが難しかった。何度か試しはしたものの上手く伝わらないことが多く、そのうち面倒になり、投げ出したという経緯があった。

だが、サリー《小さい娘》は元々人間の娘〝だった〟こともあり、達者に話す。であれば、サリー《小さい娘》に支配させようと企《くわだ》てたのである。

『ふふふ、楽しみだわ』

フェンリル《彼女》はサリー《小さい娘》が支配した町の――その職人に作らせた巨大な焼き菓子を想像し、涎が溢れるのを止められなかった。それを囲むのはサリー《小さい娘》と大きな娘である（残念ながら、息子たちは甘いものを好まなかった）。

『あらあら、最初の一口を譲ってくれるの？　ありがとう』

フェンリル《彼女》は、想像の中の心優しい娘たちに礼を言った。

頭の中で娘たちとのひと時を楽しんだあと、『さて』と、フェンリル《彼女》は現実と向き合うことにした。フェンリル《彼女》も伊達《だて》にサリー《小さい娘》の母親を、10年以上こなしていない。前記にもあるが、サリー《小さい娘》の常軌《じょうき》を逸《いっ》すると言ってもよいほどの臆病っぷりを知っているのだ。

気持ちとしては、さっさと町に突撃して、さっさと支配して欲しいと思っていたし、それができるだけの実力があると思っていた。

思っていたのだが……。フェンリル《彼女》は悩ましげにため息をついた。

サリー《小さい娘》は行動すれば素晴らしい成果を上げる。

狩りにしても、何にしてもだ。

だが、動き出すまでがかなり遅い。かといって、無理にさせようとすると、恐がり、その場で丸くなってしまうところがあった。

そうなってしまうと、フェンリル《彼女》をして、行動させるのに骨が折れた。一度など、ちょっとした崖から飛び降りるという、〝簡単〟な訓練をさせたことがあった。フェンリル《彼女》であれば、一つの跳躍でたどり着く〝程度〟の高さから、降りるだけの易しいものだった。

にもかかわらず、他の子供たちがあっさり終わらせたあとも、サリー《小さい娘》だけは嫌がり、なかなか飛び降りようとしなかった。着地に失敗しても、それこそ頭から落ちても平気な高さだというのに、どれだけ説明しても納得せず、『いいから、飛びなさい！　飛ばないと、ご飯抜きよ！』と言っても、『やだやだ、怖い怖い』と言って、その場に丸くなってしまった。

鼻先で突っついても、前足で押しても一切動こうとしなかった。

致し方なく、フェンリル《彼女》が谷底に移動して『受け止めてあげるから！』と説得し、なんとか飛び降りさせるのに成功させたものだ。

だが、一度降りることができると、二度目からはあれだけゴネていたのが嘘みたいにあっさりと降り始める。どころか、ちょっと楽しそうに、『なんとか、ジャ～ンプ！』とかよく分からないことを叫んでいた。

そんな姿を、少し小首を傾げつつも見てきたフェンリル《彼女》は、『この子はやればできる子』という風に思うようになっていった。

『やる気さえ出してくれれば……。やる気さえ出してくれれば、あんな町、すぐに支配してくれるはずなんだけど……。う～ん……』

フェンリル《彼女》は勇ましく動き出す小さい娘を、一生懸命に思い描こうとして……なかなかできずに苦労する。

どうしても、フェンリル《彼女》の胸の中で寝る、だらしがない顔しか浮かんでこなかったのだ。

遠見の魔法陣を前にして、う～ん、う～ん、と唸るフェンリル《彼女》であったが、それでもフェンリル《女》は彼女なりに、サリー《小さい娘》のために用意していたものがあった。


半年ほど前のことである。

子供たちの試験の準備をしていたフェンリル《彼女》には、とある懸念があった。

それは、南の森に転送したあとのサリー《小さい娘》が、フェンリル《彼女》の期待に応えるために速《すみ》やかに町に向かうかどうか——ではない。むしろ、その辺りは、フェンリル《彼女》も諦めていた。どころか、九分九厘ないとまで断言できた。

そのようなことが起きたのなら、むしろ、驚愕すべき事案であり、それこそ、サリー《小さい娘》が偽者《にせもの》に置き換わったのではないか？　そこを疑う事態だと思っていた。

では、サリー《小さい娘》は転送した先で、どうなるか？

『あの子のことだから、どうせ、ママぁ～、ママぁ～とか言いながら、その場で丸まり、無駄に時間を費《つい》やすんでしょうね』

まるで見ているかのように想像できてしまい、フェンリル《彼女》は、深く、深く、ため息をついた。

ただ、それは残念ながら想定通りだ。問題は、それをどれくらい続けるか、そこである。

『10日、20日……。流石に30日も続くようだと、尻を叩きに行かないといけないわね』

普通の人間なら、飲まず食わずで丸まっていれば、餓死《がし》などで死んでしまうのだが……。

サリー《小さい娘》であれば平然と（？）丸まっている可能性が高かった。

『いや、下手をすると洞窟《ここ》まで帰ってこようとするかもしれないわ』

そうなると、再度向かわせるのは非常に骨が折れるとフェンリル《彼女》は顔をしかめた。

そこで、フェンリル《彼女》は一計を案じた。転送先に家を建てたのである。

元々、転送陣とそれを取り囲む結界自体は用意する予定だった。他の兄姉たちの転送先にも用意している。サリー《小さい娘》には、それに加えて住居を用意してあげよう。

フェンリル《彼女》はそのように思ったのである。

『結界に囲まれた住む場所さえあれば、あの怖がりなサリー《小さい娘》とて気持ちが落ち着くだろうし、落ち着けば、どれ、試しに町でも縄張りに加えてやろうかなって気にもなるでしょう』

なんやかんや言って、母親であるフェンリル《彼女》の言うことを聞こうと努力する子である。

……多分、努力してくれる子である。

故に、取りあえずは安心して休めるような場所を作ってあげたのである。元々住んでいたような洞窟のある場所に転移させることも考えたが、思い直した。将来、人間の町を支配するのである。であれば、人間の住む家に慣れさせた方が良いと思ったのである。

エルフの友人の伝手《つて》で、大工《だいく》を雇《やと》い、家を造らせた。代金は、フェンリル《彼女》の抜け毛や生え替わりで取れた牙を売って準備したので、特に問題なかった。

せっかくだから、以前、サリー《小さい娘》が話していた、岩を削った浴槽を準備して設置した。

夜、生まれて初めて1人で眠ることとなるサリー《小さい娘》は寂しがり、寝不足になるのではと、自身の抜け毛を詰めた布団を用意した。

綺麗好きな娘のために、排泄のための部屋も用意したし、石鹸や洗髪剤も沢山準備し、物置部屋に置いておいた。調理が得意な娘のために窯も用意したし、転送先では手に入りにくい岩塩やコショウ、砂糖大根《てんさい》、各種野菜類の種も箱詰めにしておいた。

人間たちが魔力で動く道具を使用すると聞き、照明や水作成などの魔道具を設置させた。

完成した家をフェンリル《彼女》が満足しながら眺めていると、「居心地が良すぎて、家から出なくなるんじゃない？」とエルフの友人に呆れられてしまった。

フェンリル《彼女》自身も、少しやり過ぎたかと反省し、便利なだけで必ず必要というわけでもない魔道具に関しては、動力の魔石を外し使えなくしておいた。

あと、調味料や野菜などの種も、苦渋《くじゅう》の選択ながらも、箱から除外した。

この2つは、娘のためというより、娘がフェンリル《彼女》のために送ってくれるだろう料理をよりよくするためのものだったのだが……。

独り立ちの修行ということを考えると、初めから与えるのは問題だと思ったのだ。

『まあ、町を縄張りに加えたら、手に入るでしょうから。それに、あの子なら、塩だけでも美味しく料理してくれるでしょう』

その部分に関しては、娘を信用していた。問題はあくまでも、町に向かってくれるのか？

そこであった。そして、それが1日、2日で実現するとは思っていなかった。

なので、遠見の魔法陣を使い、怖々《こわごわ》と様子を覗いた時、案の定というか、サリー《小さい娘》が寝台の上の布団に頭を突っ込んでいる様子を見て落胆《らくたん》はなかった。

まあ、そうよね――といった心境で、呆れた感じで目を細めていた。

ところがである。

サリー《小さい娘》が、あの、とにかく臆病な娘が、おもむろに家を出ると、町に向かって進み出したのである。これに、フェンリル《彼女》は喜んだ。

『あの表情を見る限り、様子見程度でしょうけど……。行ってしまえば、こちらのものよ！』

フェンリル《彼女》にとって人間は馬鹿な生き物である。

何もしなくても近づけば奇声を上げて武器を構え、実力差も分からず切りかかってきて、散っていくか、腰を抜かして糞尿《ふんにょう》を垂れ流し、命乞《いのちご》いをする。そんな生き物である。

なので、サリー《小さい娘》も町に近づきさえすれば、そんな様子を目《ま》の当たりにすることとなり、（あれ？　支配するのって簡単では？）と気づくことになるのではないだろうか？

そうでなくても、サリー《小さい娘》の力に恐れおののいた人間の方から、「支配してくだされぇ～」と地面にひれ伏すのではないだろうか？

　そう、思ったのである。

　フェンリル《彼女》はサリー《小さい娘》が町を支配することを確信し、『どんな甘いものを送ってくれるのかしら？』と期待で目をキラキラ輝かせながら、眺めていたのだが……。

　小首を捻ることとなる。

『……え？　なんで誰もあの子に怯えないのかしら？　いや、あの子も、なんで普通に人間と話をしているの？』

『いやいやいや！　そんな人間の顔のどこが怖いの⁉　あなたが弱クマと馬鹿にしている魔獣の方が、まだ怖いでしょう⁉　あ⁉　何故逃げる！　どんだけ臆病なの⁉』

『え？　国を作る⁉　はぁ？　何その奇声⁉　え？　歌⁉　嘘でしょう⁉　はぁ？　今度は何を⁉　え？　舞い⁉　国舞⁉　呪術じゃなくて⁉　いや、わたしは求めてない！　そのようなもの求めてないから！』

『あの子は、一体何をやってるのぉぉぉ⁉』

　うぁをぉぉぉん！　という絶叫が、洞窟中に響いた。

　フェンリル《彼女》が子供たちを独り立ち前の試験に送り出して、２日ほど経った。

ここ最近、子供たちに囲まれた生活をしていたフェンリル《彼女》は、久しぶりに訪れた一柱での生活を少し寂しく、少し気楽に過ごしていた。

もちろん、子供たちの様子を見守ることも忘れてはいない。朝になり、目を覚ましたフェンリル《彼女》はむくりと起きると、遠見の魔法陣まで歩《ほ》を進め、魔力を流すのであった。

『あらあら、大きい息子、自信満々に挑んだ黒竜にずいぶんと苦戦しているわね。ふふふ、ボロボロになって、まあ、不満そうな顔になっちゃって。あなたは力ずくで戦うばかりではなく、もう少し、頭を使った戦い方を覚えた方がいいわよ』

『まあ、大きい娘ったら。いくら死霊の姿が気持ち悪いとはいえ、火炎魔法を使いすぎよ。ほら、縄張りにするはずの森が大炎上してるじゃない。あぁ～、いくら焦っているからとはいえ、風魔法で火を散らそうなんて……。火の勢いが増すばかりでしょうに……』

『まあ、小さい息子ったら！　前回のロック鳥が上手くいったから、油断したわね。あらあら、捕まってずいぶん空高くまで運ばれてしまったけど、どうするの？　ふふふ、落ちないよう動くことを控えているのか、それとも恐怖で硬直してしまったのか？　なんにしても、見物《みもの》ね』

などと、〝少々〟手こずっている子供たちを眺めるフェンリル《彼女》の表情は、とても穏やかだった。フェンリル《彼女》にとって、子供たちが向かい合う困難や苦戦は、むしろ望むところだったし、さらに言えば、この程度であれば十分乗り越えるだろうという子供たちへの信頼もあった。

『一柱だけになり、勝手の違いに戸惑っているのでしょうね』

フェンリル《彼女》はふふふと含み笑いをした。

いざとなったら、助けてもらえる。いざとなったら、助言や指摘がもらえる。そんな〝当たり前〟に慣れきっている子供たちだ。このような失敗や苦戦は、至極当然の帰結と言ってよかった。それを体感させることこそが、今回、フェンリル《彼女》が課した試験の大きな主題でもあった。

『まあ、あの子たちなら、大丈夫でしょう。……問題は、サリー《小さい娘》、ね』

フェンリル《彼女》は深く、深く、ため息をついた。フェンリル《彼女》の期待に応えるどころか、奇声と奇妙な動きを見せつけてきたサリー《小さい娘》である。

『そういえば、あの子を拾った時、そばにいた人間も似たようなことをしていたわね』

フェンリル《彼女》は困ったように目を細める。

『……ひょっとして、わたしが知らないだけで、人間にはそういう奇妙なことをしてしまう習性でもあるのかしら』

などと思いつつサリー《小さい娘》を覗くと、朝ご飯だろう料理を白い魔力で作っているところだった。

それを見ながら、フェンリル《彼女》は『美味しそうね』とボソリと漏らした。

フェンリル《彼女》もサリー《小さい娘》のために、料理の真似事を何回かしたが、不思議なことにサリー《小さい娘》の料理はそれを遥かに上回るほど美味しかった。

しかも、フェンリル《彼女》どころか、世界の各所を長年歩き回っているエルフの友人ですら、見たことのない料理や調理法をし始めることがあった。

そして、それらはデタラメというわけではない。理にかなっている上に、出来上がった料理は総じて美味しかった。

エルフの友人は、それをいつも不思議がっていたが、フェンリル《彼女》はその理由を知っていた。

つまり、『うちの娘《こ》は、可愛い上に天才！』ということなのだ。

何故か、そのように断言すると、エルフの友人から生温かい目で見られたが、そういうことなのだと、フェンリル《彼女》は心から思っていた。それはさておき、娘の料理は、眺めているだけで涎が溢れてしまうほど素晴らしいものだった。

『調味料が少なくても、わたしの娘は本当に美味しそうなものを作るわね。……料理を毎日、送ってくれるとかは……流石に無理かしら。う〜ん、毎日送ってくれれば、町の支配が遅れても許してあげるとか言っておけば……。いや、流石に試験にならないか』

などと苦悩している間に、サリー《小さい娘》は食事を終え、外に出た。そして、近くの森を、恐らく食料を探すために歩き始める。そんな様子に、フェンリル《彼女》は苦笑する。

『あの子、本気であの場所に国を作ろうとしているのかしら？』

町を支配するのが怖いというのは正直〝あれ〟だが、まあ、臆病の範疇《はんちゅう》として理解できないでもない。そのために、安全な結界に籠《こ》もるというのも、まあ、そうだ。

だけど、あの場所で国を作るという発想は、何千年も生きるフェンリル《彼女》をして、理解できなかった。

国とは、領土と民がそろって初めて成る。

ただ、領土――それを結界内の小さな土地と見立てるにしても、民はどうするのか？　フェンリル《彼女》は首を捻ってしまうのだ。

『国を作るんだったら、なおさら町を支配した方が早いと思うんだけど……。まさかあの子、自分を国王兼国民とか言い張るつもりじゃないでしょうね？』

サリー《小さい娘》には言い出しかねない危うさがあり、非常に不安であった。

『それとも、あの蟻を国民にするつもりかしら？』

いつの間にやってきたのか、大蟻が結界のそばにいて、サリー《小さい娘》と何やら話している。

『でも、あの蟻は地下で生活する生き物だから、国民にするのは無理だと思うけど……』

大蟻は地下に巨大な巣を作り、それは、現在フェンリル《彼女》が住む島の全域を網羅《もうら》していた。どころか、海を挟んだ大陸まで地下で繫がっているかもしれないと、エルフの友人は話していた。

不味い上に、臆病なためフェンリル《彼女》の前にほぼ現れないから、興味がなくて深くは訊ねなかったが、地上の国に向かないことぐらいは分かった。それに、サリー《小さい娘》自身、蟻を国民として招き入れようとする様子を見せず、種と収穫物を交換していた。

『蟻を上手く使って、種を手に入れる。それ自体は、賢い手ではあるんだけど……』

前記にもあるが、大蟻の巣は地中深くで恐ろしいほど大きく広がっている。なので、その地域にないものを手に入れてきてもらうにはうってつけである。

とはいえだ……。

『国を作るというのは……。まあ、この際、いいとしても。なんか、変な方向に突き進んでいるようにしか見えないのよねぇ』

単に町を占領することから視線を逸らすために誤魔化《ごまか》しているだけか、それとも、国作りについて本気で分かっていないのか……。

『どちらもありそうだけど……。分かっていないという可能性が大いにあるわね』

そもそも、国作りなどという小難しいことを、サリー《小さい娘》に求めていない、フェンリル《彼女》である。

『こんな状態が続くようなら、説教《せっきょう》と軌道修正《きどうしゅうせい》のために会いに行かなくてはならないわね』

フェンリル《彼女》は深く深くため息をつくのであった。

だが、事態はフェンリル《彼女》の気持ちとは裏腹に、斜め上の方向に突き進むこととなる。

翌日、昼になり、寂しくなったサリー《小さい娘》が『ママぁ～！　お兄ちゃ～ん！　お姉ちゃ～ん！』

などと情けない声を上げているのを、フェンリル《彼女》は洞窟の遠見の魔法陣で呆れたように眺めていたのだが……。サリー《小さい娘》が住む結界に何かが侵入する気配を感じ、思わず立ち上がった。

フェンリル《彼女》の結界を単独で通り抜けることができる者は、主に3種類である。

1つはフェンリル《彼女》より格上の存在――詰まるところ、六神や神使《しんし》といった、フェンリル《彼女》が直接、ないし間接的に仕える者となる。

2つ目は子供たち、眷属だ。サリー《小さい娘》は血が繋がっていないが、フェンリル《彼女》の乳を飲んで育ったのでこちらに当てはまる。また、単独では無理でも、フェンリル《彼女》ないし直系の眷属が招くなどした場合、中に入れる。

最後に、同格に当たる神獣とその眷属となる。つまり、柱と数えられる者たちである。その多くは、フェンリル《彼女》と共にこの地に降りた者とその眷属となる。

むろん、フェンリル《彼女》の魔力を上回れば、結界を砕くこともできるが……。

現状、ほぼ〝あり得ない〟ことであった。

なので、侵入されたのであれば、おおむね挙げた中のどれかに当てはまるはずだ。

1の六神と神使、2の子供たちと眷属ではないとすると、最後の1つとなるのだが……。

フェンリル《彼女》は遠見の魔法陣の映像に目を凝らした。

そして、『彼女は……まさか、〟　〝!?』と目を大きく見開いた。

フェンリル《彼女》の目に映ったのは、緑色の長い髪に黄金色の羽の神獣であった。

『何故、彼女がここにいる⁉』

〃　〃とは〃世界の鍵穴への導《しるべ》〃という意味である。

場合によっては、〃光の指す方〃という意味に〃変異〃する。

二千年ほど前に、フェンリル《彼女》と共にこの地に降り立った〃一柱〃である。

黄金色の羽を持つ彼女は、最強格の神獣たるフェンリル《彼女》に比べれば、その戦闘力は〃幾分〃劣る。だが、その性質は別称が示すように、神獣というより、神に近い存在である。

本来であれば、そこらをフラフラ飛び回っていていい者ではないのだが……。それがよりにもよって、愛娘《まなむすめ》の近くに現れたのだから、焦るなという方に無理があった。

そんな、黄金色の羽の彼女が、遠見の魔法陣越しにフェンリル《彼女》へと視線を向けた。

『どこかで感じたことのある気配だと近寄ってみたら……。お前様の眷属じゃったか』

ずいぶん久し振りの――聞き慣れた声質の低い女性の声に、フェンリル《彼女》は眉を寄せた。

『わたしの娘よ！　いえ、そんなことはいいとして、あなたが何故、そこにいる？　連れてる眷属の数も、ずいぶん少ないようだけど……』

黄金色の羽の彼女は悲しげに表情を歪ませた。

『妾《わらわ》の黄金の大樹は、あやつによって枯らされてしまうたのじゃ』

『〝あやつ〟……。まさか⁉　それほどまでに？』

黄金色の羽の彼女はコクリと頷いた。

『……我らも今や弱肉強食の法の中で生きてはいる。じゃが、それを曲げて頼む。少しだけでいい。お前様の娘の結界内で我らを休ませてはもらえぬじゃろうか？』

フェンリル《彼女》は何かを言おうとして、止めた。

本来であれば、黄金色の羽の彼女らを自分の元に招き寄せる方がいい。ただ、現在は、高位の神獣同士は極力距離を取りながら生活するようにと決められていた。ならば、娘用の結界に保護するのは理にかなっていた。

保護することは、黄金色の羽の彼女という一柱が揺らぐ問題ではない。高位の神獣としてはそれを認めざるを得なかった。

だが、サリー《小さい娘》の母親としては――正直、関わらせたくないというのも、偽《いつわ》らざる本心であった。むろん、〝柱〟となったからには、いずれ向き合うことになるだろうし、それについて説いてもいた。しかし、それはもう少し年を重ねてからでも遅くない――そう、思っていたのだ。

(いえ、これも巡《めぐ》り合わせということかしらね)

渋く思いつつも、フェンリル《彼女》は言う。

『サリー《その子》は現在、独り立ちの試験をしているところなの。なので、その辺りの判断も、サリー《その子》

にさせるわ』

そうは言っても、サリー《小さい娘》は心優しい娘だ。やっかいごとに巻き込まれそうだと分かっても、恐らくは苦境にある者を守ることを選ぶだろうと確信していた。

なので、フェンリル《彼女》のその返答は、滞在の許可を与えるのに等しかった。その上で、サリー《小さい娘》がどのような反応を示すか、興味深く思っていた。

『ことの重大さに焦り、わたしの元に伝えに行こうとするかもしれないわね。う～ん、それは正しい判断だけど、試験としては……。まあ、その場合は仕方がない。会いに出向きましょう』

ついでに、国民がいない国作りなどという変なことは止めて、さっさと町を縄張りに加えるように言って聞かせないと……。

そんなことを考えたフェンリル《彼女》だったが、さらに首を傾げることとなる。

まず1つは、何故かサリー《小さい娘》と黄金色の羽の彼女は会話ができなかったのである。どうやら、サリー《小さい娘》が聞き取れないらしく、困惑している様子が見えた。

『おかしいわね……。わたしたちの間では問題ないのに、何故彼女たちとは駄目なのかしら？』

ただその辺りは、黄金色の羽の彼女らの声を、単に聞き慣れていないからという風にも見えた。そうであれば、そのうち聞き取れるようになるだろうと楽観する。

だが、もう1つについて、フェンリル《彼女》は困惑した。

『え？　あの子、彼女らが何者か分かっていないの？』

　本来であれば、警戒すべき同格以上の相手に対して、普段通りだ。取り巻きに対してはともかく、黄金色の羽の彼女に対してすら、平然としている様子に、フェンリル《彼女》は、自身の娘が大物なのか大馬鹿なのか決めかねてしまった。

『見た目はまあ、小さいけど……。雰囲気とか、その強さとかで、ほら、なんというか、分からないものかしら？　え？　妖精？　サリー《あなた》、妖精と勘違いしてるの!?　眷属はともかく、黄金色の羽の彼女《それ》はそんな生やさしいものではないでしょう!?　あれ？　わたし、黄金色の羽の彼女《それ》のこと、ちゃんと説明したわよね!?　ひょっとして、エルフの友人《あの子》が話した童話《どうわ》と混在しちゃったのかしら!?』

　などと、フェンリル《彼女》は前足で頭を抱えてしまったのだが、その隙をつくように黄金色の羽の彼女がとんでもないことをしでかすこととなる。

　サリー《小さい娘》の〝あれ〟っぷりに頭を痛めつつも、黄金色の羽の彼女については、お気に入りである赤い薔薇の上でいくらか休憩したら、その場を離れていくだろうと楽観していた。なので、意識を過去に向けて現在を疎《おろそ》かにした。

　故に、驚愕することとなった。娘の――愛娘の家の裏に、〝世界の鍵穴〟たる大木がむくむくと育っていったのである。

『うぉおおい⁉　ちょ！　何やってるのぉおぉ⁉』

フェンリル《彼女》の絶叫が洞窟中に響き渡った。

『ふざけるんじゃないわよ！　ちょ！　わ、わたしの娘の結界内で何、勝手に育ててるのよぉおぉ！』

すると、黄金色の羽の彼女の声が聞こえてくる。

『落ち着け！　育てたのはお前様の娘じゃ！』

『あなたが育てさせたんでしょぉおおう！』

『だって、お前様の娘、育てられるんじゃや。だったら、普通、頼むじゃろう』

黄金色の羽の彼女の、宥めているのか、煽《あお》っているのか分からない言葉に、

『ふざけるなぁぁぁ！』

とフェンリル《彼女》は再度、怒声を上げた。

フェンリル《彼女》の怒りは当たり前だ。現状、黄金色の羽の彼女が居場所を失い、放浪する原因となったのが、大木《それ》である。つまり、敵の標的を、娘の家のすぐ裏側に立てたことになる。

母親として、怒り狂うのは正当な反応である。

『すまんすまん！』

と黄金色の羽の彼女はぺこぺこと頭を下げながら続ける。

『じゃが、〝鍵穴〟については、眷属のために早く作らなくてはならなかったのじゃ。あやつらは鍵穴に紐付けられておるからのう。なくてはそのうち止まってしまう。あと、攻撃を受けて弱り、眠らせている子らも、早めに治してあげないと、完全に消えてなくなってしまうのじゃ』

『ぐぬぬ』

そのように言われてしまうと、フェンリル《彼女》としても、なかなか言い返すことができない。

黄金色の羽の彼女は続ける。

『〝あやつ〟に関しての心配は無用じゃ。妾も眷属も手酷くやられたが、〝あやつ〟とてその倍ぐらい酷い目に遭わせてやったわ。そんなに早くはやってこられまい。それに、お前様の結界は気配遮断《しゃだん》も兼ねておる。最盛期ならいざ知らず、育てたばかりの〝鍵穴〟では外まで漏れまい』

『まあ、そうでしょうけど……』

子供たちを転送した場所に設置した結界は、フェンリル《彼女》のねぐら同様、強力なものにしている。その中ならば、外から探し出すことも、破ることもできない――とまでは言わないが、困難であろうことは間違いなかった。

一番いいのは、フェンリル《彼女》の結界を別のところに張り、大木を移すことだが……。強力な結界故に、流石にこれ以上は作れない。そうなると、現状が最適解になってしまう。

『それに、妾の力をお前様ならよく知っておるじゃろう？　いざとなったら、娘っ子1人ぐらい、守ってやるわ』

胸を叩いて請け負う黄金色の羽の彼女に対して、フェンリル《彼女》は胡乱げな目を向ける。

『あなたの力は認めるけど……。どうも信用できないのよね』

『ぬ!? 何故じゃ!』

『あなた、抜けているというか、うっかりが多いじゃない。ほら、千百三年前のこと、よもや忘れてないでしょうね?』

『そんな昔のこと、知らぬわ! お前様、いい加減しつこいぞ!』

『それに、あの子、今は独り立ちの試験をしているところだし……』

『独り立ち、のう。構わんじゃろう。あの娘、どうやら妾のこと、気づいていないようじゃし』

『う～ん、そうなのよね』

『なら、無害な妖精を養っていると思わせればよいじゃろう?』

『無害ってところには、いささか以上に引っかかるけど……。まあ、そうね……』

などと、若干、丸め込まれた感は否《いな》めなかったが、結界内の滞在を認めることとなった。

『ああ、でも、彼女らを国民だと言い出したらどうしようかしら? う～ん』

フェンリル《彼女》の苦悩は尽きない。

子供たちと離れて生活をし始めてから、4日目の朝が来た。

フェンリル《彼女》は洞窟でムクリと起きると、大きくあくびをした。

そして、洞窟の隅に置かれた黒竜の後ろ足まで歩く。フェンリル《彼女》の大きい息子がようやく倒したもので、足1本ながらも洞窟の広さをそれなりに圧迫していた。

『料理したものが食べたいわね』

フェンリル《彼女》はボソリと呟いた。

サリー《小さい娘》を育てる中で、料理もいくらかできるようになった。だけど、気は進まなかった。届けられた獲物のみを食べるっていう縛りに反する気がしたからだ。

『肉に関してはともかく、調味料などは送られていないから……。そう考えると、料理をするっていうのは微妙よね』

いや、別に好きにしたらいいといえば、いいのだ。縛りっていうのも、フェンリル《彼女》が勝手に言っているだけだし、そもそも、子供たちを含む誰に対しても宣言したわけではない。

ただまあ、一度言い出した（思いついた）ことはやりきりたいという、フェンリル《彼女》特有の生真面目さから、ため息をつきつつも、生の肉を齧るのだった。

『早く、サリー《あの子》が料理を送ってくれればいいんだけど……。なかなか、来ないのよねぇ～』

などと、グチっぽく言いつつ、遠見の魔法陣のそばに腰を下ろした。

そして、子供たちの様子を眺めていく。

『あら、大きい息子、黒竜との苦戦は流石に堪《こた》えたようね。考えて戦うことを模索しているように見えるわ』

『大きい娘ったら、開き直っちゃったのね。まあ、もうすぐ冬だから、死霊生物《腐った存在》を徹底的に燃やし尽くし、春を待つってのも悪くはないわね』

『ふふふ、小さな息子、なんとか逃れたようね。そうそう、撤退も決して悪い手ではないわよ。でも、必ずやり返しなさいね』

最後に、サリー《小さい娘》を映し、その様子に苦笑しつつ『あの子ったら、もう』とボヤいた。

そこには、冒険者風の男女と何やら話をしているサリー《小さい娘》の姿があった。

フェンリル《彼女》は冒険者という輩《やから》に対して、良い印象を持っていない。

別に美味しい料理を作るわけでもない。時々、縄張りを荒らすし、身のほど知らずに奇声を上げながら、フェンリル《彼女》の足をチクチクしていく者もいる。

しかも、遠見の魔法陣越しに見る奴らは、図々しくもサリー《小さい娘》の料理まで食べている。好意的に思う要素が一点もないのである。

『……サリー《小さい娘》、わたしもそれ、食べたいんだけどぉ。そんなどうでもいいのに振る舞わなくても――。あら、コショウを手に入れたみたいね。……つまり、その人間たちも、あの大蟻みたいにものを手に入れるために使うつもりかしら？』

さっさと、町を占領して欲しいフェンリル《彼女》にとっては、ずいぶん、遠回りなことをしているように見えた。ただ、半面、フェンリル《彼女》は、サリー《小さい娘》を積極的に動かそうとは思わなくなっていた。黄金色の羽の彼女のことが気がかりだったからである。

黄金色の羽の彼女は定期的に、花のそばで休憩をしている。

そして、彼女の眷属が、ずいぶん神経質になっている様子が見えた。

『ずいぶんと、花に執心《しゅうしん》しているみたいね……。思ったより、傷は深いのかもしれないわ』

黄金色の羽の彼女はその生まれから、花との親和性《しんわせい》がある。そして、サリー《小さい娘》が言う植物育成魔法には、育てた花の〝存在〟を際立《きわだ》たせる働きがある。なので、黄金色の羽の彼女は、サリー《小さい娘》の育てた花のそばにいるだけで、その力を回復させることができた。

とはいえ、どこまで行ってもただの植物の花だ。黄金色の羽の彼女の〝巨大さ〟からしたら、砂地に一滴《いってき》一滴の滴《しずく》を落とす程度でしかないだろう。

『まあ、好んでいるのもあるでしょうけど……。言うほど、余裕がないのかもしれないわ』

この地での役割上の問題もあるが、なんやかんや言って長い時を共に過ごした盟友《めいゆう》である。サリー《小さい娘》を彼女のそばに置き、いざとなったら、フェンリル《自分》が駆けつける時間を稼《かせ》がせようと思った。

『何事もないに越したことはないんだけど……。まあ、ないわよね。うん、これ以上、問題ごとは起きないわよね』

そんなフェンリル《彼女》の思いは、裏切られることとなる。


その翌日、川で漁をしようとしている娘を遠見の魔法陣越しに眺めつつ、

『サリー《小さい娘》、わたし、あなたが以前作ってくれた、日干《ひぼ》し魚を焼いたやつが食べたいわ』

などとフェンリル《彼女》はボソボソ呟いていたのだが、目に入った〝それ〟に目を大きく見開いた。

『ちょっ、えっ!?　なんでこんなところに!?』

それは、一見すると弱った三首の子犬であった。

だが、〝知る〟者が見たら、いかに危険な存在か、分かるはずだ。フェンリル《彼女》をして、

『あぁ〜!　なんでよりによって、サリー《あの子》のところに来るのぉぉぉ!　〝あれ〟ったら、なんてところに産み落としてくれたのぉぉぉ!?』

と、前足で頭を抱えてしまうほどであった。

〝あれ〟とはフェンリル《彼女》と肩を並べる神獣の一柱、その名を〝　　〟という。〝死《魂》の道を見つめる者〟という意味がある。

3つの首を持つ犬の姿をしていて、それぞれの首が誕生、成長、消滅の三竦《さんすく》みをもって、力

の均衡《きんこう》を保《たも》つという特異な性質がある。単純な戦闘能力はせいぜい古竜程度であり、それこそ決して戦闘に特化しているとは言えない、黄金色の羽の彼女にも劣っていた。

だが、三首の特異性と、神に与えられたその〝使命〟により、油断をするとフェンリル《彼女》とて飲み込まれてしまう恐れがあった。

さらに、この神獣には恐るべきというか、はた迷惑なところがあった。

それは、三首の神獣は、自身が住む場所から離れた場所に子を産み落とすところである。

『サリー《小さい娘》！　その子を死なせちゃ駄目！　絶対駄目よ！』

フェンリル《彼女》は聞こえるはずのない娘に対して、叫んだ。

三首の神獣にとって、死とは、その凶悪な力の解放を意味する。

三首の神獣のいる場所から、少なくとも彼、もしくは彼女の視線が及ぶ全てが闇に覆われる。

そして、その力の一片に触れた者は、誕生、成長、消滅を繰り返したあげく、灰になり、光になり、終わりの場所に送られていくこととなる。成長しきったフェンリル《彼女》ならともかく、まだ幼い柱であるサリー《小さい娘》では、ひとたまりもなく〝見送られる〟こととなるだろう。

フェンリル《彼女》の絶叫が聞こえたわけではないだろうが、サリー《小さい娘》は三首の神獣の子の傷を回復し始めた。それを見ながら、フェンリル《彼女》は安心したように一つため息をついた。

『……ある意味では、回復のできるサリー《あの子》の近くで良かったわ。他の子であったら、完全に終わっていた』

近くで産むなら、せめて報告してくれればいいのに——と恨《うら》ましく思う半面、あの愛想《あいそう》の欠片もない三首持ちを思い描き、そんな期待を持つ方が詮なきことかと、もう一度、大きくため息をついた。

『それより問題は、サリー《あの子》があの子供を連れて帰ろうとしているところなのよね……。一応、三首持ちの神獣の恐ろしさは伝えたはずなんだけど……』

覚えていないのか、子供なら問題ないと思っているのか、何も考えていないのか……。

特に気にする様子もなく、結界の中に入れていた。それを見咎めた黄金色の羽の彼女の眷属が、凄い勢いで詰め寄っていくのが見える。

『ああ……。そうよねぇ～　言い方が乱暴なのはともかく、言っていることは、正しいわ……』

フェンリル《彼女》は遠くを見るように目を細めた。黄金色の羽の彼女の眷属が、『馬鹿！　なんでそんな恐ろしい奴を中に入れる！』とか『お前、こいつがなんなのか、分かってないのか!?』とか『こいつが解放されたら、お前も死ぬんだぞ！』とか、一生懸命訴えている。三首持ちの子供には、『お前、親から力の解放について、何も聞いてないのか!?　せめて、一度、解放させてから来い！　……いやだから、話を聞け！』などと言って聞かせていた。

至極まっとうなことを言っているにもかかわらず、話が通じないので白い魔力で捕らわれてしまった。さらに、あとからやってきた黄金色の羽の彼女に威圧《笑顔》を向けられている。流石にちょっと、可哀想《かわいそう》に思えた。

『それにしても、彼女、三首持ち《あれ》の子供をそのままにするつもりかしら？』

当然のことながら、三首持ちの子供の危険性を正しく理解しているはずの黄金色の羽の彼女が、特に反対せず受け入れるのに、少々違和感があった。そんな気配を感じたのか、黄金色の羽の彼女が遠見の魔法陣越しに、フェンリル《彼女》を振り返った。

『なんじゃ、あんな子供のことが気になるのか？　三首持ち《親》ならともかく、〝柱〟にすらなっておらん三首持ちなんぞ、妾が押さえ込んでやろう』

『本来なら、さほど心配はしてないけど……。でも、あなた、ずいぶん弱っているじゃない？〝愛娘〟もいないようだし』

『ホホホ！　見くびってくれるな。仮に肉体がボロボロでも、やりようなどいくらでも思いつくわ。それに、我が眷属を馬鹿にしてくれるな。寝坊助《ねぼすけ》な娘《あの子》がいなくても、生まれたばかりの三首持ち程度、押さえ込んでくれるわ』

『まあ、そうだろうけど』

『お前様は本当に心配性じゃな。老婆心《ろうばしん》ながら言わせてもらうと、一挙一動《いっきょいちどう》をそんな風にハラハラしながら見ていても、子供のためにならんばかりか、老《ふ》けるだけじゃよ』

『大きなお世話よ！』

『何にせよ、お前様の娘が自ら選んだのじゃから、それを尊重してやろうじゃないか』

『……まあ、そうね』

フェンリル《彼女》も渋々ながら頷いた。

2日ほどは特に何事もなく過ぎた。あえて言うならば、サリー《小さい娘》についてか。サリー《小さい娘》に果物などの種を渡した冒険者の女を少し見直したり、サリー《小さい娘》が大蟻よりも弱そうな人間の男から逃げる姿に呆れたり、サリー《小さい娘》が一向《いっこう》に料理を送ってこないことを不満に思ったりと、そんな程度だ。

だが、その翌日、ついにサリー《小さい娘》が動き出すことになる。

なんと、あの億劫《おっくう》がりで臆病な娘が、町の中に入ったのだ。

『……』

フェンリル《彼女》はその様子を、怪訝《けげん》そうに眺めた。

『やっぱり、あの子、怖がられてないのよね。力の差はそれこそ、竜と大蟻ぐらいは違うと思うんだけど……』

力の差だけなら、本来、地に伏せて迎えるぐらいに遜《へりくだ》るべき人間たちなのに。サリー《小さい娘》に対して、むしろ尊大な態度をとっている者すらいた。

さらに怪訝に思うのは、サリー《小さい娘》がそれを普通に受け入れていることである。

『う〜ん、人間自体初めて会うからかしら？　それに近いエルフ《あの子》に接するのと同じようにしているとか？　そうであれば、失敗したわね……』

もう少し、人間とエルフの違いについて説明し、いかに人間が弱いのかも見せておくべきだったと、後悔した。さらに頭の痛い状況が遠見の魔法陣越しに見える。

『えぇ〜　あの子、冒険者になるつもりなのぉ〜えぇ〜』

前出にもあるが、フェンリル《彼女》は冒険者と呼ばれる人間たちが大嫌いだ。

果物の種をサリー《小さい娘》に献上した女についてはまあ……それなりに評価はしているものの、だからといって、娘があんな輩たちの同類にされるのには、少々、腹が立った。

『サリー《あの子》も、あんな変な奴らとつるんでないで、さっさと町を支配してくれればいいのに……』

などと不機嫌になる。だが、そんな気持ちが吹っ飛ぶものが、遠見の魔法陣越しに現れる。

『あ、あれは……』

フェンリル《彼女》は目を大きく見開いた。その視線の先にあるのは、サリー《小さい娘》が冒険者の女に連れられて入った店、そこで出てきたお菓子であった。

赤い木の実を載せ、白く柔らかなクリーム《物》に包まれた焼き菓子で、サリー《小さい娘》はフォークで切り取ると美味しそうに頬張っている。フェンリル《彼女》にはその焼き菓子に見覚えがあった。

『それほど経っていないはずだけど……。ずいぶんと、懐かしく思えるわね』

フェンリル《彼女》の柔らかく浮かべた笑みは、少し、悲しげな色を帯びていた。

◆◇◆◇◆

数十年ほど前のことだ。

その時のフェンリル《彼女》は、子供がまだ生まれていない状態で、縄張りの中に籠もり、時々、狩りをしつつ過ごしていた。

特になんの変化もない生活が何百年も続いていた。だが、フェンリル《彼女》はそれを変えようとはしなかった。何故なら、フェンリル《彼女》が仕える六神から、弱肉強食の法の中で人間たちに威を示し、彼らの増長を押さえ込むという指示を受けていたのだ。

この生真面目な神獣は、忠実にまっとうするべく、縄張りから一切出ることなく、時に増えすぎた魔獣を間引《まび》き、時に図に乗っている人間を蹴散らして過ごしていた。

そんな様子に、フェンリル《彼女》が住む洞窟を時々訪れるエルフの友人は、「ずっと、同じ生活をしていて飽きない？」などと呆れた顔をした。この変わり者のエルフは、自分の村を離れて世界中を歩き回っている。そんなエルフ《彼女》からしたら、同じところに何百年もい続けるのは、酷く退屈なことだった。

「なんだったら、わたしと少し旅に出ない？　この地には、あなたが想像できないような面白い場所があるわよ！」

　だが、フェンリル《彼女》は首を横に振った。

『わたしはこの地を支配するように言われているのよ。離れるわけにはいかないわ』

「いや、六神たちも、同じ場所にい続けろなんて言ってないでしょう？」

　実際のところ、エルフの友人の言《げん》が正しい。六神が指示したのはこの地上のどこかであって、フェンリル《彼女》が降りた場所という意味ではないのだ。事実、神獣の中には縄張りを移しながら過ごす者も多い。だが、フェンリル《彼女》は再度、首を横に振った。

『かもしれないけど、わたしはここを支配すると決めたの。だから動くわけにはいかないわ』

「相変わらずめんどくさい性格ね」

『うるさい！　勝手でしょう！』

「そんなことをしていると、そのうち、体から苔《こけ》が生えてくるんじゃない？」

『こ、苔って！　動いてるから！　わたし動いてるから！』

「そこまで行かなくても、ブクブク太りだすんじゃない？　わたし、知らないから」

『はぁ⁉　ブクブク太る⁉　わたしが⁉　そんなわけないでしょう⁉』

激高《げっこう》した彼女《フェンリル》は、

『もう帰りなさい！』

とエルフの友人を追い払った。しかし、

『……遠見の魔法陣を作ってから、そういえば、洞窟に籠もってばかりだったわね？』

とブツブツ呟いて、立ったり座ったりを繰り返したり、洞窟の中をウロウロしたりした。

『ブクブク……。外に出る……。う～ん、でも、理由もなく出るのは……』

エルフの友人の言う通り、別に移動すること自体は問題ないのだが、彼女《フェンリル》としては、決められた（というか、自分が勝手に決めた）約束ごとを破るのだ。それ相応の理由が欲しかった。そこで、ふと思いつくことがあった。

一時期、神獣の間で話題になった話である。それは、人間の中から、驚くほど多くの魔力を秘める〝魔法使い〟が生まれたというものだった。その保有量は並の神獣を上回り、神使の中でも、その存在を憂慮《ゆうりょ》する者が現れだしたという話だった。

会ったことがあるという、エルフの友人の話では、理知的な貴族の女なので、暴走する可能性は少ないとのことだった。その説明を受け、ざわついていた神獣たちも『すぐに寿命《じゅみょう》が尽きていなくなるだろう』という意見で一致し、静観することになっていた。

とはいえ、その魔法使いの女が保有する魔力は、年々増えているという。そう考えると――縄張りの外のこととはいえ、最強の神獣の一柱に数えられているフェンリル《彼女》が様子を見に行くのは合理的であり、むしろ、今まで行かなかったこと自体、怠慢《たいまん》とされても否定できないのでは？　そんな風に考え始めた。

『しょうがないわ。務めだもの、しょうがないわ』

などと、誰に対してかも分からぬような言い訳をブツブツ呟きつつ、ひょいっと、縄張りから飛び出たのだった。

実際のところ、魔法使いの女が住むという場所は、フェンリル《彼女》にとってさほど遠くはない。山を飛び越え、海岸に出て、海の水面を蹴りながら駆け、段丘《だんきゅう》が見えたら飛び乗り、また山や林、時に人間たちの町を飛び越えて。途中、エルフの村の気配を感じたら寄り道し、魔法使いの女の話を聞きつつ、食事を貰ったりしながらの――大体、１日ほどの道程であった。

そのエルフの村には、魔法使いの女に助けてもらったという少年が住んでいて、彼の話ではちょうどいいことに、その女は暑さを避けるために近くの町に来ているとのことだった。

「１週間――７日ほどしかいないみたいだから、会うなら早めの方がいいよ」

とエルフの少年は森で採れた果実をフェンリル《彼女》の口に投げ入れながら、教えてくれた。

翌日、フェンリル《彼女》は少年に教わった家まで行き、遠目に眺めた。どうやら魔法使いの女がいる家には、人間が沢山住んでいるらしかった。フェンリル《彼女》は、自分の姿を見た時に彼らが発する〝がなり声〟を嫌っていたので、近づかずに見つめていた。

『聞いてはいたけど……。凄まじいわね』

最強の神獣たるフェンリル《彼女》をして、息を飲んだ。外の椅子に座り、お茶らしきものに口をつける魔法使いの女は、一見するとエルフの友人が言うように高貴な夫人といった様子だった。

だが、その内には恐ろしいほどの魔力が渦巻《うずま》いているのが感じられた。

『人間の体に、あそこまでの魔力《物》を、よくもまあ詰め込んだわね』

単純な魔力だけなら、フェンリル《彼女》と同格か、下手をしたら超えるのではないか？　そう思える人間だった。

しかも、それだけではなかった。近くに控える、魔法使いの女が使役《しえき》しているらしい魔獣や、剣を腰に下げた騎士風の男女はともかく、明らかに非力《ひりき》な召使《めしつか》いの女なども、魔法使いの女のそばで平然としていた。

一度、外に放たれれば辺りを地獄に変えることすらできるあの膨大な魔力を、その魔法使いは平然と身の内に押し込んでいるのだ。制御力や精神力もずば抜けていることが分かる。

普段、人間のことなど地を這う虫程度にしか認識していなかったフェンリル《彼女》をして、『あの人間、なかなかやるわね』と賞賛の言葉が漏れるほどだった。

とはいえ、所詮は人間である。感心はしても、それ以上、特に何かがあるわけではなかった。元々、神獣の間で寿命が尽きるのを待つとの認識を共有していたこともあり、フェンリル《彼女》としても、『一目見たことだし、帰りましょうか』ということにした。

だが、そこで出会うこととなる。

あの焼き菓子にだ。

踵《きびす》を返そうとしたフェンリル《彼女》は、魔法使いの女――その召使いが運ぶそれに目を奪われた。

『え？　何あれ？』

それは白い何かが塗られた円柱型のものだった。上部は白い造形で装飾され、等間隔に真っ赤な木の実が載せられていた。鋭敏《えいびん》な嗅覚《きゅうかく》を持つフェンリル《彼女》が意識すると、遠方にあるそれから漂《ただよ》ってきたのは濃厚な甘い香り。

よく分からない。よく分からないが――口から涎を溢れさせるフェンリル《彼女》が『あ、あれは美味しいやつだ』と確信する、そんな魅力があった。

さらに、召使いの1人が小刀《こがたな》を取り出し、円柱型のそれを切り取り始めた。切り口から見えるのは、以前に食べた焦げ茶色のやや硬いのと白い何か。そして、白い何かに包まれている赤い木の実だった。いや、本当によく分からない。よく分からないので、想像するしかないのだが……。『あれは、無茶苦茶美味しいやつだ』と涎が地面にボトボト落ち始めた。

食べたい。

フェンリル《彼女》は心の底から思った。口に入れると恐らく、口いっぱいに甘みが広がるだろう。ひょっとしたら、それだけではないのかもしれない。

フェンリル《彼女》にとって、基本的に愚かで矮小な生き物である人間だが——料理に関していえば、いくらか認めるのもやぶさかではない。そう、評価していた。なので、あの食べ物も恐らくは、ただただ甘いだけではないだろうと、確信していた。

食べたい。フェンリル《彼女》は体をブルリと震わせた。

目の前にあるのだ。それこそ、フェンリル《彼女》がピョっと一歩踏み込めば、届く距離である。そして、パクリとすればいい。それで終わるのだ。

『う〜ん、気が進まないわね』

フェンリル《彼女》はボヤいた。その行為は、苦労して得た獲物を横からかっ攫《さら》う盗人《ぬすっと》のようだと思ったからだ。誇り高きフェンリル《彼女》にとって、それは容認できなかった。

とはいえ、食べられないのも容認できない。できれば、自主的に献上して欲しい。力と交渉でどうにかするという手もある。賢いフェンリル《彼女》は、人間の言葉を理解していた。ただ、口の構造上、上手く話すことができない。

そのため、以前、料理を供《そな》えさせようとした時に人間たちが曲解《きょっかい》し、何故かフェンリル《彼女》の前で料理を炎の中に投げ入れるという蛮行《ばんこう》を働いたことがあった。それが、結構な心的外傷《トラウマ》となり、『人間と関わるのは止めよう』と心に誓《ちか》った経緯があった。

『あ〜お菓子《それ》を置いて、どっかに行ってってくれないかしら!?』

がうがうがうっ！　と言葉を漏らすと、すぐ近くで人間の女の悲鳴が聞こえた。

視線を向けると、足下に魔法使いの女の召使いが、腰を抜かしながらこちらを見上げていた。怯えているのか、体はがくがく震え、目から涙をこぼしていた。

(あら？　この人間、いつの間に近づいてきていたのかしら？)

だが、周りを見て自分の誤解だと分かる。フェンリル《彼女》は無意識のうちに、例の〝美味しい食べ物〟の目と鼻の先まで近づいていたのだ。突然現れたフェンリル《彼女》に驚いたのか、幾人かの召使いらしき人間が腰を抜かし、鎧や剣を装備した者たちと使役された魔獣は、魔法使いの女の周りを固めていた。なかなか勇気ある行動ではあったが、その全ての目が恐怖で揺れていた。

ただ1人、椅子に腰掛けたままの魔法使いの女だけは、フェンリル《彼女》の方を興味深げに見つめていた。そして、笑みを浮かべて訊ねてくる。

「あら、あなた、ひょっとして、その焼き菓子が食べたいの？」

〝焼き菓子〟という言葉自体、フェンリル《彼女》は知らなかったが、恐らくそれが例の〝美味しい食べ物〟だと理解し、フェンリル《彼女》は人間が理解をした時によくやる頭を縦に振る動作をした。

魔法使いの女は可笑しそうに「ふふ、そうなのね」と笑い、目線を召使いたちに向けた。

「ちょうど、お茶の相手がいなくて退屈していたのよ。この子に食べさせてあげなさい」

だが、召使いたちは地面から立てないのか、涙目《なみだめ》になりながら、魔法使いの女に向けて首を横に振っていた。そんな様子に、「仕方がないわね」と魔法使いの女は苦笑した。

途端、魔法使いの女の体から、魔力が漏れる。

『なっ⁉』

フェンリル《彼女》が思わず声を漏らすのも構わず、魔法使いの女の〝それ〟は黒色の霧のように宙を漂い、〝焼き菓子〟にまとわりつき、皿ごと持ち上げた。そして、フェンリル《彼女》の前に皿を置く。

それは、何千年も生きてきたこの神獣をして初めて見る現象だった。魔力を可視できる濃度で顕現《けんげん》させること自体が常軌を逸したことなのに、それを手のように扱い、物を持ち上げる。

恐るべき魔力量であり、恐るべき魔力操作の技術であり、恐ろしいほど馬鹿げた使い方だった。だが、そう思われているのも気づかないのか、魔法使いの女は、

「どうぞ、お食べなさい」

と微笑んでみせた。あれほど望んだ食べられる機会——だが、フェンリル《彼女》としてはそれどころではなかった。

（この魔法使いの女――わたしが思うより、危険な存在かもしれない）

などと、眼光鋭く警戒した。……裏腹に、その口は、魔法使いの女の分を小さく切り取っただけの〝焼き菓子〟とやらに近づき、パクリと噛みついた。

『⁉ うまぁぁぁ！』

フェンリル彼女《かのじょ》は思わず、うぁおおおん！ と声を上げた。

それは驚くほど調和の取れた食べ物だった。白くて甘いものが包むのは、サクサクとやや香《こう》ばしいもの、そして、噛み砕くと少し酸っぱいのは、恐らく木の実だ。

それが口の中で混ざり合うことにより、なんとも言えぬ旨さを演出している。

フェンリル彼女《かのじょ》が『旨い旨い！』と言いながら、ガツガツ食べても致し方がなかった。すると、そばでクスクスと笑う声が聞こえてきた。

視線を向けると、相変わらず椅子に座ったままの魔法使いの女が、口元に手を置きながらフェンリル彼女《かのじょ》の方を楽しそうに見ていた。

「美味しいわよね、それ。わたくしも好きなの」

少し恥ずかしくなったフェンリル彼女《かのじょ》は体裁を整えるために、口元についているものを舌でペロリと舐めると、『まああね』と澄ました感じに言った。

人間の言葉では言っていないが、なんとなく通じたのか、魔法使いの女は、

「それはよかったわね」

と目を柔らかくさせた。


その日から、日に1回、魔法使いの女と〝焼き菓子〟を食べるようになった。フェンリル《かのじょ》がやってくると、魔法使いの女に小さく切り分けられ、その残りがフェンリル《かのじょ》の前に置かれる。最初、腰を抜かして使いものにならなかった召使いも、ビクビクしつつだが、フェンリル《かのじょ》のために大きな器にお茶を用意するようになった。

フェンリル《かのじょ》はこれも気に入った。焼き菓子を齧ったあと、やや渋いそれをペロペロ舐めることで口の中がすっきりし、新鮮《しんせん》な状態で再度、焼き菓子を食べることができた。

フェンリル《かのじょ》は魔法使いの女のことも気に入っていた。うるさく喚き散らすこともなく、卑《ひ》屈《くつ》になって怯えることもない。冒険者のように、フェンリル《かのじょ》の毛や爪を欲しがらない。ただ、フェンリル《かのじょ》と同じように、焼き菓子やお茶を楽しんでいる様子だった。

ある日、魔法使いの女が訊ねてきた。

「あなたって、人の言葉が分かるの？」

その問いに対して、フェンリル《かのじょ》は頷き、答えた。

「わかるわ。ただ、はなすことは、――が――」

「苦手ってこと？」

フェンリル《彼女》は頷く。

「なーか、うまくはなーなー」

なんとなくの雰囲気で理解しているのか、魔法使いの女は「ふ〜ん」と答えた。フェンリル《彼女》もついでなので訊ねてみた。

「あなたのまほう、どうやっーるの？」

「魔法？　これのこと？」

魔法使いの女は右手を持ち上げた。その手のひらから、黒色の魔力がにじみ出る。フェンリル《彼女》が頷くと、魔法使いの女は思案げに続ける。

「それほど難しくはないけど、わたくし以外で成功した者は、何故か1人しかいないのよね。やってみたいの？」

「やくーたつの？」

「役に立つけど、人間にとってだから、あなたにとってはなんとも言えないわね」

そう言いながら、魔法使いの女は色々と実践《じっせん》してくれた。遠くにあるものを取ったり、器の形にして、水を出してみせてくれた。その水を沸かしてみせてくれた。

一番驚いたのは、誤って怪我をした召使いの傷を、魔力で覆い、治してみせた時だろうか。

流石のフェンリル《彼女》も目を丸くしたものだ。

とはいえ、汎用性《はんようせい》を認めつつも、フェンリル《彼女》にとって有用と思えるものはなかった。ただ、甘くて美味しい焼き菓子に噛みつきつつ、戯《たわむ》れにそれを魔法使いの女に習った。

しばらくすると、うっすらとだが、白色の魔力が靄《もや》のように湧き上がるようになった。柔らかな表情の魔法使いの女が、「とても綺麗ね」と言ってくれた。フェンリル《彼女》はよく分からなかったが、それがとても嬉しかった。

しばらくそんな日々を過ごしたある日、焼き菓子を食べ終えると、魔法使いの女が言った。

「わたくし、もうそろそろ帰らないといけないの」

「か—る？」

「ええ、1年後にまた戻ってくるけど、その時に会えないかしら？　お茶をしましょう」

フェンリル《彼女》としても、もう少し、一緒にいて、焼き菓子を食べたいという思いはあった。だが、自身の縄張りに戻らなくてはならないという思いもあった。

（この魔法使いにも縄張りがあるんだわ。であれば、お互いあまり縄張りを不在にするのもよくないわね）

そう思い、頷いた。魔法使いの女が、鎧姿の女の手を借りて立ち上がると、フェンリル《彼女》の前に立った。そして、このようなお願いをしてきた。

「ねえ、あなたの毛に触れてもいいかしら？」

「――？　なん―？」

「だって、あなたの毛、とても柔らかそうなんだもの」

他の人間に言われたら、恐らく不快に思っただろう。ひょっとしたら、前足で叩いたかもしれない。ただ、魔法使いの女なら別にいいと思った。

「―つ―よ―わよ」

とフェンリル《彼女》は頷いてみせた。焼き菓子のお礼としてもそうだし、望むなら、抜け毛の幾本かを与えてもいいと思った。だけど、魔法使いの女はそのようなものを望まなかった。ただ、フェンリル《彼女》の頬を、その小さな手で優しく撫でるだけだった。

「気持ちがいいわ」

と嬉しそうにする魔法使いの女に、フェンリル《彼女》も悪い気はしなかった。

しばらくすると手を離した魔法使いの女は「じゃあ、また1年後」と微笑んだ。


その年からフェンリル《彼女》は、年に一度、魔法使いの女に会いに行くようになった。

そして、例の焼き菓子を共に食べた。晴れの日は芝《しば》の上で、雨の日は屋根の下で食べた。

風が強い日は、魔法使いの女の家になんとか入り込んだりした。窮屈《きゅうくつ》だったけど、魔法使いの女が可笑しそうに笑っていたし、フェンリル《彼女》も楽しかった。

魔法使いの女が、「別のお菓子を出しましょうか？」と言ってくれた時もあったが、フェンリル《彼女》は首を振り、例の焼き菓子を頬張り、お茶を飲んだ。

フェンリル《彼女》は人間の言葉が上手く扱えなかったし、魔法使いの女は多弁《たべん》でなかった。だから、ほとんど話すことなく時が過ぎていった。

だけど、フェンリル《彼女》はそれを苦痛に思わなかった。ただ、風に揺れる枝葉を眺めた。ただ、陽光に照らされる山々を見つめた。ただ、漂ってくる草花の香りを感じた。

椅子に座る魔法使いの女の傍らにいるだけで、不思議と退屈には思わなかった。フェンリル《彼女》はただ、なんとも言えない心地よさに身を任せていた。

魔法使いの女は数日過ぎると、「じゃあ、また1年後」と言って帰っていった。

そして、約束通り1年後、戻ってくる。

フェンリル《彼女》はそれが当たり前のことのように思い始めていた。

幾年か過ぎた。

その年も、魔法使いの女は現れ、いつものように椅子に座り、フェンリル《彼女》と焼き菓子を食べた。そして、何日か過ぎたあと、いつものように魔法使いの女は言った。

「……わたくし、もうそろそろ帰らないといけないの」

「そうなの？」

「ええ」

そう答えながら、魔法使いの女は椅子から立ち上がろうとする。その年の魔法使いの女は、何故か体がずいぶんと重そうで、その時も、鎧姿の女だけでなく、召使いの女にも支えられてようやく立ち上がっていた。

フェンリル《彼女》は少し心配になったが、魔法使いの女から感じられる魔力は相変わらず強大だったし、その漆黒の瞳には強い光が見えていたので、大丈夫だろうと思っていた。

それでも、少し辛そうな魔法使いの女のために、フェンリル《彼女》は触れやすいように顔をそっと近づけた。魔法使いの女は柔らかく微笑みながら、手を伸ばし、フェンリル《彼女》の頬に触れた。

その手のひらはいつもより少し、ヒンヤリしていた。だけど、いつも通り優しい触れ方だった。

「じゃあ、〝またね〟」

と魔法使いの女はフェンリル《彼女》から手を離す。そして、振り返りもせずに家の中に入っていく。

いつも通りだった。別れの挨拶は少し違っていたけど、いつも通りだった。

フェンリル《彼女》はその背が見えなくなるまで、見つめていた。

1年経った。

いつものように、足を運んだフェンリル《彼女》だったが、魔法使いの女はいつもの椅子に座っていなかった。

焼き菓子はあった。だから、フェンリル《彼女》はすぐに現れるだろうと、初めて魔法使いの女の家を遠くから覗いた時と同じ場所で待った。

だけど、魔法使いの女は何日経っても現れなかった。

(縄張りで何かあったのかしら?)

今更ながら、魔法使いの女の縄張りの位置を聞いておけばよかったと思った。

(でも、大丈夫よね。あれほどの魔力を持っているんだもの。多分、1年後には戻ってくるわ)

そう、自分を納得させた。

また1年経った。だけど、魔法使いの女が座っていた椅子は空だった。見覚えのある人間や召使いはいる。焼き菓子やお茶は用意されている。だけど、いない。魔法使いの女がいない。

フェンリル《彼女》は不満に思った。

『焼き菓子が食べたいんだけど』

とじっと見つめながらボヤいた。視線の先にある魔法使いの女の椅子は空だった。

それから、何年も、何年も過ぎた。

だが、魔法使いの女は現れない。

フェンリル《彼女》は何年も、何年も待ち続けた。ただ、焼き菓子とお茶〝だけ〟がそろうその場を、不満げに眺めた。

『縄張りが狙われて動けないのかしら？　時々いるのよね、そういう煩わしい輩が』

『縄張りが天災によって荒れてしまったのかもしれないわね。そういうの、困るのよね』

『ひょっとしたら、子供ができたのかもしれないわね。人間の年齢は分からないけど、そういうこともあるかもしれないわ』

そんなことを呟きながら、フェンリル《彼女》は魔法使いの女が座っていた、あの椅子を眺めた。

そこに、あの魔法使いの女が現れることはなかった。


さらに何年か過ぎた頃、いつものようにフェンリル《彼女》は、魔法使いの女の家を眺める場所にたどり着いた。

いつも通り、いつも通りだった。ただ、その日はいつもと違った。

召使いや鎧を着た者の数が普段より多かった。焼き菓子とお茶はいつも通り並び、そして……。あの椅子に座る者がいた。

『っ⁉』

息を飲んだフェンリル《彼女》は、そして、目を凝らした。黄金色の長い髪、漆黒の瞳の女……。魔法使いの女――それに似ているだけの女だった。魔法使いの女より小さい。若い――恐らく幼いのだろう。あの椅子に座りながら、辺りを興味深げに見渡していた。

そして、召使いの女に焼き菓子を切ってもらい、受け取り、嬉しそうに頬張っていた。

『……ああ、ああ』

何より保有する魔力が少ない。いや、人間にしてはそこそこある方なのかもしれない。だが、あの魔法使いの女の――世界を威圧するかのような膨大な魔力からしたら塵《ちり》のようなものだ。

『……ああ、ああ』

それに、あの魔法使いの女のような気高さがない。

あの魔法使いの女のような柔らかさがない。

あの魔法使いの女のような温かさがない。

あの魔法使いの女のような――。

フェンリル《彼女》は首を大きく振った。何度も、何度も。あの魔法使いの女と違う者が、あの椅子に座る意味を知り、フェンリル《彼女》の知らない何かが、襲いかかってきた。

それは、フェンリル《彼女》の知らない感情だった。胸が締めつけられるように痛くて、苦しくて……。目が焼けるように痛い。

見たくない。魔法使いの女以外があそこに座る姿なんて、見たくなかった。

「うぉおおおん！」

それは、言葉ではない。ただの絶叫だった。踵を返すとフェンリル《彼女》は自分の縄張りへと駆けた。何千年も生きたフェンリル《彼女》が——最強の神獣が——逃げるように駆けた。

フェンリル《彼女》はそれ以降、魔法使いの女の家には寄りつかなくなった。

◆◇◆◇◆

『……もう二度と、会うことはないと思っていたお菓子だけど、まさかこんな風に出会うことになるとはね』

一時期フェンリル《彼女》が夢中になったほど美味しい焼き菓子である。広く作られるようになるのも当たり前かとも思った。

『問題は、あの子からあの焼き菓子を送られそうなことね』

フェンリル《彼女》は困ったように眉を寄せながら、遠見の魔法陣を眺める。そこには、焼き菓子を作ったと思われる人間と交渉し、沢山購入しようとするサリー《小さい娘》の姿が映っていた。

あの母親が大好きな娘のことである。当然、フェンリル《自分》にもお裾分けをしようとするだろう。

『でも、今はまだ、食べたいとは思えないのよね……』

フェンリル《彼女》は悲しげに呟いた。どうしても、あの魔法使いの女のことを思い出し、胸が締めつけられるように苦しかった。

ただ……。

『サリー《あの子》が送ってくれるんだもの、粗末にはできないわね』

フェンリル《彼女》は苦笑した。ただ、その目はとても柔らかいものだった。

赤ん坊のサリー《小さい娘》を初めて見た時、魔法使いの女の姿がよぎった。

子供を産んだばかりで母性が高まっていたこともある。だが、育てようと思ったのは、確実に魔法使いの女《彼女》に会えない寂しさのためだった。

もっとも、サリー《小さい娘》は魔法使いの女とは似ても似つかぬ感じに育っていった。

落ち着いた魔法使いの女とは違い、泣いたり笑ったりと忙しい娘に育っていった。

知的な魔法使いの女とは違い、突飛《とっぴ》なことをして、フェンリル《彼女》を困惑させる娘に育っていった。滅多《めった》に触れてこない魔法使いの女とは違い、いつもくっつく甘えん坊な娘に育っていった。

だけど、フェンリル《彼女》はそれで良いと思った。

この子は魔法使いの女ではない――違う存在なのだから。

『……そうよね。うん、サリー《あの子》が送ってくれたものは、母親として、全て食べるべきよね』

フェンリル《彼女》はそのように、決意をしていた。そして、その時を待った。

だが、遠見の魔法陣越しに、驚くべき様子を目にすることとなる。サリー《小さい娘》が、フェンリル《彼女》の愛娘が、黄金色の羽の彼女がわざわざフェンリル《彼女》のために切り分けていた焼き菓子に、人間が食事の時に使う金属の棒を突き刺して持ち上げると、パクリと食べてしまったのだ。

『……え？　……え？』

フェンリル《彼女》が呆然としていると、転送陣に何かが送られてくる気配を感じた。放心したまま視線を向ける。視線の先にはフェンリル《彼女》が待ちに待った——サリー《小さい娘》の料理があった。

『……』

フェンリル《彼女》はしばらくそれを見つめると、スススとそれに近づき、噛みついた。

柔らかな噛み心地と、濃厚な肉汁が口いっぱいに溢れる。生肉では味わえない香ばしさとほどよい香辛料の味が、口の中はもちろんのこと、フェンリル《彼女》の鼻も楽しませてくれた。

フェンリル《彼女》は黙々と食べきると、その大きな舌で皿も綺麗に舐めきった。

そして、静かに洞窟の出口へと歩を進める。

外に出ると、一度歯を食いしばり、力いっぱいに吠えた。

『美味しいい！　美味しいけどぉぉぉ！』

うぉおおん、というフェンリル《彼女》の叫びは、夜の闇にただ、響いて消えた。

外伝　咆哮に怯えながら

朝、起きたぁ～　ママのモフモフな胸元の毛、温かい！

冬が過ぎ、春になったとはいえ、標高の高いこの洞窟は寒い。そんな場所で早起きをしてしまったら、10歳のわたしなんかは風邪《かぜ》を引いてしまう。

そうしたら、ママやお兄ちゃん、お姉ちゃんに心配や迷惑をかけてしまう。それこそ、エルフのお姉さんを呼ばなくてはならない事態になってしまう。

それは駄目だ！　うん、駄目だ！

わたしは皆のために仕方がなく、ママのモフモフな毛の最奥《さいおう》まで体を入れる。さらに、ママの毛に魔力を流し、体を包むようにする。温かくて、ママの柔らかな匂いに包まれて、幸せぇ～いやいや、違う違う。これは風邪予防、風邪予防～

などと心の中でむにゃむにゃやっていると、上の方から声がかかる。

『小さい娘、いつまで寝ているつもり？　他の子は皆、狩りに出かけたわよ』

『ママ、わたし、皆のためにここにいるの。ここにいなくちゃならないの……』

『小さい娘……。あなた、また訳の分からないことを……』

呆れた声が聞こえたと思ったら、わたしが魔力で操っていたママの毛が、弾かれるように制御できなくなる。そして、腰回りに何かが巻きついて、ママから思いっきり剥《は》がされた。

あぁ～！

眼前に、呆れたように目を細めるママのフェンリル顔が現れる。因みに、わたしをママからひっぺがしたのは、その体から伸びている白いモクモクだ。わたしのコントロールを簡単に奪ったことといい、ママの魔力操作や制御力は凄くて、わたしなんかではとても敵わない。

冷たい空気が体を包み、思わず『寒い！』と声を漏らした。

そんなわたしに対して、ママは『もう、日が昇ってずいぶん立つわよ！　下らないことを言ってないで、さっさと狩りにでも行きなさい！』と厳しいことを言ってくる。

ママ、酷い！

『ママ、ママ！　子供はね、風邪を引きやすいから、温かくしないといけないの！』

『でもあなた、真冬の雪の中で、平然と寝てたじゃないの』

『あ、あれは〝かまくら〟の中だから！　雪の中でも過ごせるように作られたものの中だから！』

まあ、作り方が悪かったのか、寒さは外とあまり変わらなかったけど……。

一応、室内だったのだ！

わたしが一生懸命説明しているのに、ママは何やら深くため息をついた。そして、白いモクモクで掴んでいるわたしを地面に下ろすと、『なんでもいいから、狩りをしていらっしゃい！　ちゃんとそれなりには強いのをよ』と鼻でぐいぐい押してくる。

『えぇ～！　昨日行ったばかりだし、今日はゆっくりしたいんだけど！』と言うも、『コカトリスなんて、狩りをしたうちには入らないわよ！　せめてバジリスクぐらい倒してらっしゃい！』とさらに押してくる。

酷い！

『わたしみたいな小さな女の子に、バジリスク《蛇王》君を倒してこいだなんて、無茶を言わないでよ！』

と抗議するも、ママは呆れた顔で、

『あなたはやればできる子でしょう？』

と言ってくる。だから、ママはわたしを買いかぶりすぎなんだってばぁ～！

なのに、顔の側面でわたしを洞窟から押し出すと、白いモクモクで持ってきたフェンリル帽子をわたしの頭に被せ、『狩りをしてくるまで、帰ってきちゃ駄目よ！』と言ってくる。

酷すぎる！

でも、こういう時のママは、よほどのことがない限り、言うことを聞いてくれない。

『はぁ～　仕方がない……』

洞窟の入り口から離れると、前世の名残《なごり》として、一応、白いモクモクで水を溜め、顔を洗う。

あ、タオルがない。まあ、いいや。

首を振って水気を払ったあと、森の方に向かってとぼとぼと歩く。

もちろん、わたしではバジリスク君《蛇王》を狩ることなんてできない。大体、わたしは10歳ぐらい
――前世で言えば小学4年生ぐらいだ。

格好だって、鎧とか剣とかを装備しているわけじゃない。エルフのお姉さんに貰った、白の膝丈ワンピースに、茶色のズボン、そして、フェンリル《ママ》の頭を模したフェンリル帽子という、いかにも女の子って姿なのだ。

……まあ、全てにママの毛が使われたチート級の防具的普段着だけど、それはともかくとしてだ。そんなただの女の子に、巨体な上に恐ろしい毒を持つ蛇の王を狩ってこいだなんて、無茶苦茶にもほどがある！

そもそも、わたし、白いモクモクぐらいしかできない。なので、戦うことになったら、ほぼ、肉弾戦《にくだんせん》になってしまう。

この小さい体で、巨大な蛇と殴り合えと？

いやいや、あり得ないでしょう！

弱クマさんでも探そう。うん、そうしよう！

その辺りを適当に狩っておいて、『それ以外は見つからなかった』とか言っておけば、まあ、許してくれるでしょう。

などと思いつつ歩いていると、前方にある森の木々がざわめき始める。

え？　なんだろう？　巨大な何かが近づいてくる？

洞窟から少し離れているとはいえ、ママの結界内だ。仮に古竜辺りが来ても、問題ない。それに、そんなことになったら緊急事態だから、流石のママも洞窟に入れてくれるでしょう。

でもなんとなく、違う雰囲気がする。

この洞窟近辺の場所は高台になっているんだけど、少し見下ろす形である木々の、その上に時折、何かの尻尾が出たり引っ込んだりしていた。

？？？　不思議に思うわたしの方に近づいてくるそれは――あれ、ティラノサウルス君⁉

ママより二回りは大きい、肉食系恐竜君が、木やら地面やらにその巨体をぶつけながら、跳ねつつ近づいてくる。

……っていうより、大きいお兄ちゃんが黒いモクモクで引っ張りながら駆けていた。

大きいお兄ちゃんは、わたしに気づくと嬉しそうに駆け上ってくる。その後ろで振り回されているティラノサウルス君が酷い状態だ。死んでいるとはいえ、扱いが雑すぎる！

そんなことを考えている間に、大きいお兄ちゃんはわたしの前までやってくる。そして、黒いモクモクでティラノサウルス君を逆さ吊りにすると、『小さい妹！　お前が言う、〝かちかちあかみ〟を狩ってきたぞ！』と、がうがう叫んだ。そして、

『〝すてーき〟、だっけ？　それにしてくれ！』

などと言いつつ、興奮するように「ハッ！　ハッ！」と短く荒い呼吸をする。

はぁ～　しょうがないなぁ。

『因みに、カチカチ赤身っていうのはそのお肉に対する感想で、わたしが名付けたのはティラノサウルス君だからね』

『そうなのか？　てぃら？　小さい妹はよく分からない名前をつけるなぁ』

まあ、大きいお兄ちゃんがそう思っても、仕方がない。そもそも、わたしだって、ティラノサウルスの名前の由来なんて聞かれても困る。暴君って意味だっけ？　よく覚えていない。

まあ、それはともかくだ。

『ステーキかぁ～』

と言いつつ、ティラノサウルス君を見る。彼、首元に棘《とげ》があるんだけど、お構いなしに噛みちぎった跡がある。血抜きのためだろうけど、流石は大きいお兄ちゃんだ。

あとは、視線をティラノサウルス君の腹部に移す。大きく切り開かれていて、内臓も食べら

れ、綺麗に洗われている。いつもわたしがやっている処理は終わっているようだ。雑なイメージのある大きいお兄ちゃんだけど、こういうところは丁寧にやるんだよね。

ふむ、このまま切り取り、焼いてもいいんだけど……。

ティラノサウルス君の赤身、無茶苦茶硬いんだよねぇ。う～ん、そうだなぁ。

『せっかく、エルフのお姉さんがタマネギを持ってきてくれたんだから、漬けてみたいなぁ～』

『漬ける？』

『うん、そうすると、柔らかくなるはずなの』

『柔らかく？　そのままでも、普通に食べられるぞ？　小さい妹だってそうだろう？』

『……まあ、食べられるけど、柔らかい方が美味しいよ？』

ティラノサウルス君の肉は上質な赤みって感じで凄く美味《びみ》なんだけど、ゴムに噛みついているみたいで本当に硬いのだ。だけど、大きいお兄ちゃんは小首を傾げる。

『なんで、柔らかい方が美味しいんだ？』

説明が難しい！　特に、強靭《きょうじん》な顎を持つ大きいお兄ちゃんに対しての！

大きいお兄ちゃん、食べたいと思ったら岩ぐらい硬いものでも普通に食べちゃいそうだし。

『食べてもらった方が分かりやすいと思う』と言うと、『じゃあ、そうしてくれ』と頷いた。

『確か、切ったお肉の上にタマネギをすり下ろして……。2時間ぐらいだっけ？　置いておくんだったはず。あ、そもそもお肉はある程度熟成《じゅくせい》？　だっけ、狩ったばかりよりも、しばらく置いておいた方が、味がよくなるってあったような……』

そもそも、犬にはタマネギを食べさせてはいけないって、Ｗｅｂ小説に書いてあった気がしたなぁ……。あ、でも以前、炒《いた》めものに使った時、ママをはじめとする家族全員、普通に食べていたか。あ、フェンリルと愛玩《あいがん》動物を一緒にするのは失礼かな。そもそも、うちにあるタマネギだって、ママが育てたものだしね。

などと、わたしがつらつら考えていると、『小さい妹！』と大きいお兄ちゃんがわたしの腰を鼻で軽く押してくる。

『時間がかかりそうなのか？　腹が減ったから、すぐ食べたいぞ』

『えぇ～　じゃあ、取りあえず、焼く分は漬けずにしようか？』

『おう！』

大きいお兄ちゃんが頷いてくれたので、調味料とかを取りに、洞窟に戻る。入り口でママが渋い顔をして立っていた。あ、狩りをするまで帰ってきたら駄目だって言われてたんだ。

『大きいお兄ちゃんがお肉を焼いて欲しいって言うの』

おずおずと説明すると、ママは一つため息をつき、白いモクモクを発現させ、洞窟内に伸ばす。そして、塩、コショウとオリーブオイル、タマネギが入っている袋を渡してくれた。

タマネギを渡してくれたってことは、わたしたちの会話が聞こえていたのかな？

流石はママ、耳が良い！

ただ、今回は別のものにしてもらう。お願いすると、再度白いモクモクを洞窟に伸ばし、探っている。……いや、わたしが取りに行った方が早いんだけど、ママってこういうところ、融《ゆう》通《ずう》が利かないよね。

白いモクモクを戻したママは、わたしがお願いしたものを渡しつつ言う。

『わたしの分も焼いてね。あと、焼いて、食べたら、すぐ狩りに行くのよ』

『うん』

受け取ったものを持って、大きいお兄ちゃんの元に戻る。大きいお兄ちゃんが早く早く！と言うように、お座りをした状態で待っていた。

なんだか可愛い！　いや、そんなことを言っている場合じゃないか。

持ってきたものを、いつも料理をする時に使っている、台にちょうどいい岩に置く。右手から出した白いモクモクを包丁《ほうちょう》型にすると、横倒しになっているティラノサウルス君に近づく。

肉の大きさはどれぐらいがいいかな？

え？　沢山？

あまり大きすぎると、焼くのが難しいからね。

これぐらいにしようね。

え？　もっと？　しょうがないなぁ～

切り取ったティラノサウルス君のモモ肉を、右手で出した白いモクモクで包み、運ぶ。なんやかんや言って、10歳児のわたしの上半身ぐらいの大きさになった。

まあ、大きいお兄ちゃんにとっては大したサイズではないんだろうけどね。

『ママも食べたいって言ってたから、あげていい？』

『ん？　ああ、いいぞ。あ、でも先に俺の分を焼いてくれ』

『はいはい』

左手から出した白いモクモクで台を作る。岩の上で切ると、綺麗に洗い流したつもりでも砂がついたりするからね。台の上に肉をゆっくり下ろす。

あ、そうだ。

『大きいお兄ちゃん、肉自体が硬いティラノサウルス君はまあいいとしても、食材はあまり乱暴に扱わないでね。下手をすると、不味くなっちゃうから』

『そうなのか？　分かった！』

大きいお兄ちゃんは話せば言うことを聞いてくれる、素敵なお兄ちゃんなのだ！

などと、心の中で絶賛しつつ、お肉の筋に切り込みを入れていく。いわゆる、筋切りである。

正直、強靭な顎を持つお兄ちゃんに必要かどうかは定かではないけど、これをやると反り返ったりしにくいので一応やっている。

終わったら、両面に塩、コショウを振る。ここら辺も、犬だとあまりよくないだろうけど、フェンリル一家には関係ない。気にせず、サクサクとやっていく。

『大きいお兄ちゃん、台を作って』

『ん～　俺、繊細な魔力操作は苦手なんだが……』

などと言いつつ、黒いモクモクで漆黒の台を作ってくれる。わたしは右手の白いモクモク包丁を解除し、肉を持ち上げて、黒いモクモク《その上》に置く。白いモクモク台の上には、タマネギの代わりに持ってきた瓶《びん》を載せた。瓶の中身は、ガーリックチップスである！

エルフのお姉さんが持ってきてくれたニンニクをスライスにして、オリーブオイルを使って作ったものだ。そのままでも美味しいし、料理の味に物足りなさを感じたら、使うととても良い素敵調味料である。これも、犬が食べるとよくない食材だけど――以下略。

確か焼く前に少し水に浸した方がいいとWｅｂ小説に書いてあった気がするので、使う分だけ瓶から取り出し、水を浸した小さな壺の中に入れておく。

『まだか？　まだか？』

と言い出した大きいお兄ちゃんに『まだだから！』と苦笑しつつ、小さな壺も大きいお兄ちゃんの台に置く。といっても、下準備はこれぐらいだけどね。

魔力を込めて、白いモクモク台を前世テレビで見た、目の前で焼いてくれるお店の鉄板みたいな形にする。といっても、台の天板に油を集める溝を作ったぐらいだけどね。色も白いし、形だって微妙に違うかもしれないけど、ここには指摘する人もいないので、問題なし！

天板を加熱したあと、オリーブオイルを引き、大きいお兄ちゃんからお肉を受け取り、ゆっくりと下ろす。肉の焼ける音が大きく響く。その近くにガーリックチップスも並べていく。

これは美味しそう〜　などと思いつつ、気になったことを聞いてみる。

『そういえば、大きいお兄ちゃん、小さいお兄ちゃんや大きいお姉ちゃんはどこへ行ったの？』

『ん？　小さい弟は赤鶏《あかにわとり》を狩るって言ってたな』

『赤鶏君かぁ〜　小さいお兄ちゃんだとちょっと、大変じゃないかな？』

赤鶏君は見た目、前世名古屋コーチンみたいな鶏で、全長2メートル級の魔鳥だ。

彼らは前世の鶏と同じく、ろくに飛ぶことができないんだけど、とにかくすばしっこく、前世トラック級サイズの小さいお兄ちゃんだと小回りの部分で逃げられることが多かった。

『食べたくなったんなら、わたしを誘えばいいのに』

赤鶏君よりさらに小さいわたしなら、小回り勝負で後《おく》れは取らない。

そして、後れを取らなければ、ろくに戦えない赤鶏君《彼ら》などタダのカモだ。

簡単に狩ることができる。お兄ちゃんは大好きな赤鶏君が食べられて、わたしは大したことのない相手でお茶を濁せて、ウィンウィンなんだけどなぁ。

それに対して、大きいお兄ちゃんは焼いているお肉から目を離さずに言う。

『よく分からんが、捕まえるコツを掴みつつあるとか言ってたから、それを試しに行ったんじゃないか？』

『ふ～ん』

小さいお兄ちゃんは考えて狩りをするタイプなので、良い手でも思いついたのかな？

あとでその辺りを聞くのが楽しみだ。

そんなことを思いつつ『大きいお姉ちゃんは？』と訊ねる。

『大きい妹は知らん。ここ最近、こそこそと、どこかに出かけているみたいだ』

『えぇ～　大きいお姉ちゃんの場合、なんかろくでもないことをやってそうなんだけどぉ～』

そんなことを話しつつ、お肉やガーリックチップスを焼いていると、香ばしい匂いが漂い始め、大きいお兄ちゃんは目も口も大きく開き、涎がボトボトこぼれて大変なことになってきた。

ふふふ、もう少し待っててね。

確か、何かのＷｅｂ小説で「ステーキは何度もひっくり返すものではない。一度、たった一度だけ行えばいいのだ！」と主人公がドヤ顔をして、女の子たちが「なんですってぇ～！」

「そんなことを知ってるなんて、素敵！」と大騒ぎしているシーンがあった気がする。わたしとしては素敵とまでは思わないけど、まあ一応、ひっくり返すのは1回だけにしている。

白いモクモクで作ったフライ返しをお肉に差し込み、それを返す。

油や水分がはぜる音と共に、肉やニンニクの焼ける匂いがふわりと広がる。

これは……。絶対に美味しいやつだ！　しかし、結果はまだ分からない。

食べてみないと分からないのだ。

うむ、そろそろかな？　しばらくしたあと、白いモクモクナイフで端の方を少し切る。左手は鉄板に使っているから、片手でやるしかないけど、なんとか上手くできた。

切り口を確認してみる。うん、中は少し血が滴る程度、これぐらいがいいよね。

白いモクモクをナイフからフォーク型にして、切り取ったお肉の上にガーリックチップスを載せ、それを落とさないようにお味見として口に運ぶ。

『うっまぁ～！』

思わず、うぁをおおん！　と叫んじゃった。

硬い、それは間違いないけど……。

香ばしく焼けたお肉は噛めば肉汁が口の中に溢れ、ガーリックチップスのコクと混ざり合い、すっごく美味しい！

大きいお兄ちゃんが『小さい妹！　小さい妹！』と興奮が抑えきれないって顔で声をかけてきたので、我に返る。慌てて、左手で作っていた鉄板台を小さくしていく。

途中、余分な油などは近くにいたスライムにあげつつ、小さくしていき——皿状にする。

そして、ニッコリ微笑みながら言う。

『はい、お待ちどうさま！』

大きいお兄ちゃんはすぐにでも噛みつくかと思ったけど、何やらぐっと堪えつつ言う。

『小さい妹、小さい妹の分を切り取ってからでいいぞ』

『え？　いいの？』

『ああ』

大きいお兄ちゃん、優しい！

『じゃあ——』

突然、後ろを駆け抜ける気配を感じたと思ったら、何かがお腹に巻きつき、引っ張られる。

え⁉　何⁉

なんとか、お肉が落ちないようにバランスを取った。

あっぶないなぁ～　一体なんなの⁉

振り返ると、大きいお姉ちゃんだった。

大きいお姉ちゃんは赤いモクモクでわたしを持ち上げ、駆けていた。

『ちょ！　お姉ちゃん！』

『小さい妹、大変なの！　ついてきて！』

えぇ～！

そんなことをやっているうちに、森に入っていく。ポカンとした顔の大きいお兄ちゃんは、木々に遮られ見えなくなった。えぇ～！

『いや、え!?　待って！　行くのはいいけど、大きいお兄ちゃんのお肉――』

そこまで言うと、大きいお姉ちゃんは赤いモクモクを操り、わたしを自分の前に持ってきた。そして、わたしの白いモクモクの上にあるステーキを、駆けながらパクっと食べてしまう。

『ちょっとぉぉぉ！　なんてことをするの!?』

しかも、ハムハムしながら『もう少し、薄味の方がいいわね』などと言っている。

うわぁぁぁ！　とんでもない、お姉ちゃんだ！

大きいお姉ちゃんに連れていかれたのは、森の奥にある場所だった。

わたしもママに連れられ、何度か来たことがある。

巨大蜂《きょだいばち》さんの巣のある場所だ。確か、奥に草原があり、今の時期なら綺麗な花が沢山咲いているはずだ。なので、蜜を集める働き蜂さんが忙しそうに飛び回っていると思うんだけど……。

『あれ？　巨大蜂さん、いなくなってない？』

辺りから蜂さんの羽の音が全く聞こえないし、岩と岩の間にある巨大な巣の中からも、気配を感じられない。わたしが訊ねると、大きいお姉ちゃんは沈痛な顔で頷く。

『気づいたら、いなくなっちゃったの。なんとか、連れ戻すことはできない？』

『いや、そんなことをわたしに言われても……』

巨大蜂さんは、ママからもできるだけ助けてあげなさいと言われている魔虫だ。

森を活性化させるために必要不可欠とかなんとか……。

なので、巨大蜂さんの巣の場所を、家族の皆で共有していた。とはいえ、巨大蜂さんをこの場所に縛ったり、去ったのを連れ戻すのはちょっと違う気がするんだけどなぁ。

なんて考えていると、洞窟の方から巨大な何かが高速でやってくる気配を感じた。

あれは……。ママかな？　大きいお姉ちゃんも気づいたらしく『あわわ、小さい妹！　何か良い言い訳を教えて！』とか言っている。良い言い訳？　つまり、巨大蜂さんがいなくなったのって、お姉ちゃんが原因なの？

そのことを聞く暇もなく、木々を飛び越えて白い巨体がやってきた。やっぱりママだった。

しかも、何やらお怒りモードだ。

『何が、気づいたらよ！　どうせ、あなたが毎日のように蜜を強請ったんじゃないの⁉』

えぇ〜！

『ち、違うのよ母さん！　一口！　1日、たったの一口分よ！』

えぇ〜！

『いやいや、お姉ちゃん！　お姉ちゃんの一口なんて、巨大蜂さんたちには相当大きいからね！』

しかも、大きいお姉ちゃんの場合、本当に一口で終わっていたのかも、正直言って怪しい。

くそぉ〜！

わたしだって、巨大蜂さんの蜂蜜、凄く好きで沢山食べたかったのに！

だけど、無理をして森が萎《しお》れちゃったら困るから、ママが植物育成魔法で花を育ててあげる代わりに貰ってくるのを、少し舐めるぐらいで我慢していたのに！

『あなたって子は……』

目を険しくさせるママから避けるように、大きいお姉ちゃんは何故かわたしの陰に隠れる。

いや、お姉ちゃんのトラック級の巨体は、10歳女児の体で隠すことなんてできないからね！

そんな大きいお姉ちゃんを、口元を少し引きつらせつつ睨んでいたママだったけど、諦めたように大きくため息をついた。わたしは不安になり訊ねる。

『ねえねえ、ママ！　巨大蜂さんがいなくなっちゃったら、この森は寂れちゃうの？』

ママは何故か一瞬、不思議そうにこちらを見て、何やら視線を泳がせたあと、答える。

『大丈夫よ、小さい娘。1つの巣がなくなった程度では、森にそこまでの影響はないから』

『そうなの？』

『ええ、もちろん、良くはないけど……。ともかく、いなくなってしまったのなら、仕方がないわ。大きい娘、無理に追いかけたり、戻そうとしたりしては駄目よ！　変なことをして弱らせたら、巣ができなくなる可能性だってあるのだから』

『はぁ～い……』と言いつつ、大きいお姉ちゃんは巨大蜂さんの空っぽになった巣に視線を向け、『はぁ～』とため息をつく。

『しばらくは、この巣にへばりついた蜜を舐めて生活しないといけないのね……』

そんな大きいお姉ちゃんに、ママは冷たく言う。

『何を言ってるの、大きい娘。ここにある分は、あなたを除く家族の分よ！　まあ、息子《あのこ》たちは甘いものには興味がなさそうだから、正確にはわたしと小さい娘の分ね！』

『なっ！』

目を見開き、驚愕する大きいお姉ちゃんにママは怒鳴る。

『当たり前でしょう！　今までさんざん巨大蜂から蜜を奪ったあげく、どこかに逃げられたあなたなんかが、口にできる蜜なんてここにはないわよ！』

わたしも一緒になって『全くその通り！　大きいお姉ちゃんはしばらく蜜抜きで反省すべき！』と加勢する。

流石の大きいお姉ちゃんも反論できないのか、がっくり項垂れた。

◆◇◆◇◆

朝、起きた……。

ママの真っ白な毛の中、温かい。

夜に潜り込んだ時も、とても幸せなんだけど、朝、まどろみながら体いっぱいに感じる温もりの心地よさと言ったら……。

まさに、千金《せんきん》に値する、なのだ！

昔の大名さんの中に、金で茶室を作った人がいるって前世Ｗｅｂ小説にあったけど、はっきり言ってこの中に比べたら、せいぜい、百金《ひゃくきん》程度に過ぎないと思う。

などと考えながら、うつらうつらしていると、上から声をかけられる。

『小さい娘、いい加減に起きなさい。もう、明るくなってから、ずいぶん経ったわよ』

『ママぁ～千金なの。千金がもったいないの』

『はぁ～また訳の分からないことを……』

腰に何かが巻きついたと思ったら、ママから引き剥がされた。

『あぁ～！』

ママはわたしを掴んでいた白いモクモクを解除すると、昨日と同じようなことを言い出す。

『小さい娘！　わたしにくっついてばかりいないで、いい加減、狩りに行きなさい！』

『えぇ～！　昨日行ったよ！』

巨大蜂さんの、〝元〟がつく巣から帰ってきたあと改めて出かけて、わたしは巨大な魔物を2頭ほど、狩っていた。だから、しばらくはゴロゴロしていようと思ったのに……。

なのに、ママは冷たく言い放つ。

『あんな鹿なんて、狩ったうちに入らないわよ！』

『えぇ～　美味しかったでしょう!?』

『美味しかったけど、駄目よ！　鹿で認められたかったら、金角鹿《きんづのしか》辺りを狩ってらっしゃい！』

『金角鹿さんなんて、無茶を言わないでよ！』

『もう！　無理とか無茶とか言ってないで、やりなさい！　あなたはやればできる子でしょう？』

そして、『獲物を捕まえてくるまで、戻ってきたら駄目よ！』と、またしても洞窟から追い出されてしまった。はぁ～　そもそも、わたし、体が小さいし、狩りには向いてないと思う。スピードは多少あるけど、それでも、文字通り目にも留まらぬ早さで駆ける金角鹿さんなかには到底敵わないし。まあ、流石のママも、あの超高速な鹿さんの相手が、本気でできるとは思っていないだろうから、何か別の獲物で誤魔化そう。

そんなことを考えつつ、昨日同様、顔を洗っていると、『小さい妹！』と声をかけられた。視線を向けると、小さいお兄ちゃんが嬉しそうに駆けてくるのが見えた。その背後には、赤鶏さんが緑色のモクモクに縛られた状態で運ばれていた。

『あ、小さいお兄ちゃん、赤鶏さんを狩れたんだ』

『うん、まあ、なんとかね』

そう言う、小さいお兄ちゃん、少し渋い顔をしている。

そういえば、赤鶏さんを狩る方法について聞こうと思ってて忘れてた。正直、大きいお姉ちゃんが蜂蜜の件で凄く凹《へこ》んでいたから、そちらが気になってしまったからだ。

しかも、落ち込みすぎて洞窟の中でべたっと横に倒れている大きいお姉ちゃんの頭を、大きいお兄ちゃんが『おい、大きい妹！　俺の肉を食べたそうだな！』とか言いながら前足で蹴り始めて、それを止めるのが大変だった。

しかも、足蹴《あしげ》にされているにもかかわらず、大きいお姉ちゃんは『蜂蜜……』とか呟きながら、放心しているし。このお姉ちゃん、どれだけ、蜂蜜が好きなの！

かといって、ちょっと可哀想になり、わたしのを一舐め分ぐらい分けてあげようかなぁ～って思ったら、ママから『これは罰《ばつ》だから、小さい娘も勝手に大きい娘にあげては駄目よ』と釘を刺されたし。

最終的には、ママがため息をつきながら『他にも巣があるかもしれないから、探してらっしゃい』と言うと、『うん、そうね』と少し持ち直していたから、まあ、大丈夫だろうけどね。

小さいお兄ちゃんが言う。

『小さい妹、これを焼いて欲しいんだ！　そて？　だっけ？　それが良い！』

『ソテーね。はいはい』

ソテーなんてキザっぽく言っているけど、ただの鶏肉の炒め焼きだ。何かのWeb小説に出てきた女の主人公が、やたらと連呼していたからなんとなく覚えていて1回だけそう呼んだんだけど、小さいお兄ちゃんはそれを覚えていたみたいだ。

『ソテーかぁ～　今回もガーリックチップスの出番かな？　あとはハーブと——レモン！　レモンをかけると、凄く美味しくなるんだよね！』

そんなことを呟きつつ、小さいお兄ちゃんに赤鶏さんの毛抜きをお願いする。

『うん、分かった！』と準備を始める小さいお兄ちゃんは、鶏肉が好物ということもあり、かなり丁寧に抜いてくれるので、いつも非常に助かっている。

『木を利用して、小回りを利かせるかぁ～　良い手だけど、小さいお兄ちゃんの場合、足に力を入れすぎると、普通に木の幹が折れちゃわない？』

鶏肉を焼きつつ訊ねると、小さいお兄ちゃんは渋い顔で『うん、折れた』と言う。

『力加減が結構難しくて、1回、2回は上手くいくんだけど、3回目ぐらいから折れちゃうから、かえって遅くなっちゃって……』

『あらら』

と言いつつ、そろそろ良い具合に焼けてきたガーリックチップスを鶏肉の上に避難させる。

因みに、これら調味料を洞窟に取りに行くと、昨日同様、渋い顔をしたママに全てそろった状態で渡された。そして、昨日と同じことを言われた。

『わたしの分も焼いてね。あと、焼いて、食べたら、すぐ狩りに行くのよ』

そんなことを考えているうちにも、小さいお兄ちゃんが話を続ける。

『上手くいきそうな手応えがあったんだけどなぁ～　ある程度、赤鶏が曲がるのを予測しながらさぁ～』

『それができるようになったら、小さいお兄ちゃん、最強じゃないかな？』

巨躯な上に小回りが利く敵なんて、少なくともわたしは対峙《たいじ》したくない。わたしの言に、小さいお兄ちゃんも大きく頷く。

『最強とは言わないまでも、戦いの幅が広がるのは間違いないと思う。あと、赤鶏だって狩り放題になったりとかも――』

『あれ？　でも、これは狩れたんだよね？』

わたしは鶏肉に視線を向けつつ訊ねる。香ばしい匂いが鼻腔《びくう》をくすぐり、う～ん、美味しそう！　わたしの問いに、小さいお兄ちゃんは苦笑する。

『さっき、木をへし折っちゃったって言ったよね』

『うん』

『実は赤鶏《これ》、偶然倒れた木の下敷きになった奴なんだ』

『……なるほど』

たまたま偶然、倒しちゃっただけなのね。そりゃ、小さいお兄ちゃんの表情も冴《さ》えないか。

『でも、美味しそうだよ！』

と言ってあげると、小さいお兄ちゃんは嬉しそうに『うん！　美味しそう！』と頷いた。

よし、昨日と同じように、右手をナイフ型にして端の方を少し切る。途中、ナイフだけで切るのがやりにくいと気づいたのか、小さいお兄ちゃんが緑のモクモクで押さえてくれた。

ほんと、気の利くお兄ちゃんだ！

切ったあと、レモンを少しかけ、白いモクモクフォークでそれを刺し、味見をする。

『おいしぃ〜！』

昨日に引き続き、うぁをぉぉ〜ん！　と吠えちゃった。

噛むと塩コショウと香ばしく焼けた鶏肉、それが肉汁とレモンの酸味に包まれて、凄く美味しい！　そして、時折主張する、少し焦げたガーリックチップスがさらにお肉を引き立てて、いくらでも食べてしまいそう！

はっ！　小さいお兄ちゃんが物欲しそうに、こちらを見ている。

しかも、口の端からは涎がこぼれていた。いけない、いけない！

昨日同様、左手の白いモクモクを台から皿の形にまで小さくする。そして、小さいお兄ちゃんの前に差し出しつつ『召し上がれ！』とニッコリ微笑んだ。

……あと、右後ろに白いモクモク盾を張る。ゴン！　という音と共に、後ろで何やら大きいものが転がる音が聞こえてきた。わたしがジト目で、後ろを振り向くと、大きいお姉ちゃんが前足で鼻を押さえながら転がっている。

どうせ昨日と同じように、肉ごとわたしをかっ攫おうとしたんでしょう。

でも、流石のわたしも、警戒してたからね！

最初、ぽかんとしていた小さいお兄ちゃんだったけど、理解したのか『大きい姉さん、これは僕のだから！』と、がうがう怒っている！

弟妹から冷たい目で見られた大きいお姉ちゃんは『ち、違うのよ！ ただ、急いで小さい妹が必要だっただけで！』とか言ってるけど、絶対、鶏肉が焼き上がるまで待ってたよね！

焼き上がった上で、連れていこうとしたよね！

ほんと、なんてお姉ちゃんだ！

小さいお兄ちゃんは連れていかれないようにだろう、緑のモクモクでわたしを囲っている。

普段は温和で、柔らかくわたしを見てくる目も、流石は野生（？）のフェンリル、威圧感が凄い！ でも、姉弟《きょうだい》で争うのはよろしくない。

『小さいお兄ちゃん、これ受け取って』

と鶏肉の炒め焼きを差し出すと、お兄ちゃんは大きいお姉ちゃんから目を離さずに、緑のモクモクでそれを受け取る。

『で、大きいお姉ちゃん、今度は何なの？』

すると、鼻を押さえていた前足を戻し、何やら上機嫌に話し始める。

『うっすらだけど、蜂蜜の匂いが風に乗って漂ってきたの！ 大体の方角も分かったから、行きましょう！』

『そうなの？　ママはなんて言ってるの？』

『母さんは、そんな匂いなんてしないって言ってるけど、間違いないわ！』

『えぇ～　本当に？』

わたしが疑わしそうにするも『絶対！　絶対！』とお姉ちゃんは騒々しい。

『そこ、ママの縄張り内なの？』

『多分そうよ！』

まあ、もっとも、ママの縄張りってママの洞窟から目視《もくし》できるほぼ全てだから、実際に匂いがしたのなら範囲内ということにはなるよね。

大きいお姉ちゃんは興奮しながらさらに続ける。

『母さん、本当にあるなら、蜂蜜もいくらかなら、くれるって言うのよ！　行きましょう！今すぐ行きましょう！』

『えぇ～　今からぁ～？』

正直、今は蜂蜜より鶏肉が食べたいんだけど。あ、昨日のティラノサウルス君の赤身、あれから大きいお兄ちゃんに分けてもらっていたんだ。あれも食べたいなぁ～

そういえば、ママにも作ってあげるって約束してたけど、忘れてた。まあ、ママもそんなこと忘れているだろうから、そのままでいいかな？

などと考えている間にも大きいお姉ちゃんが『ほらほら、わたしの背に乗って！』と白くて大きい背中を押しつけてくる。

えぇ～

『仕方がないなぁ～』と、大きいお姉ちゃんの背に跨《また》がる。

すると、小さいお兄ちゃんが困った顔で訊ねてきた。

『この肉の、小さい妹の分はどうするの？』

『え？　ああ、いや、食べておいて。代わりにあとで料理していないお肉を分けて欲しいなぁ』

『うん、分かった』

大きいお姉ちゃんが『あ、わたしの分も！』とか調子のいいことを言っているので『お姉ちゃんの分なんか、あるわけないでしょう！』とその背中をぺちんと叩いた。

それでも、ブツブツ言っている大きいお姉ちゃんに、『行くんでしょう！　ほらほら』と促したら、仕方がないといった感じに駆け始めた。

鬱蒼とした森ばかりが続く。

『ねえ、大きいお姉ちゃん！　まだなの!?』

大きいお姉ちゃんの白い背中をペチペチ叩くも、『もうちょっとよ！』という返答しかない。

えぇ～　本当に大丈夫なの⁉

これまで、結構な距離を走っているはずだ。時間で言えば、1時間ぐらいかな？

木々が生い茂っているので、体の大きいお姉ちゃんだとしょっちゅうは加速できない。あと、時折止まって匂いをたどりながらなので、直進した時よりは短いだろうとは思う。それでも、足の速いお姉ちゃんがそれだけ駆けたってことは、洞窟からかなり離れているはずだ。

こちらの方角には確か、竜種は少なかったはずだけど、それでも強力な魔獣が闊歩する異世界の森だ。大きいお姉ちゃんが一緒とはいえ、少し、怖くなってきた。

『ねえねえ、大きいお姉ちゃん。そろそろ、帰ろう？』

と言うも、大きいお姉ちゃんは『ん～？』という空《から》返事をするだけだ。

ちょっとぉ～！

すると、鼻をヒクヒクさせていたお姉ちゃんが、ピクっ！　っと顔を左前に向ける。そして、

『こっちよ！』と叫ぶと、再度駆け始めた。

『えぇ～！』

大きいお姉ちゃんの背中の毛を掴み不満の声を上げるも、聞く耳を持たないお姉ちゃんはさらに森の奥に駆けていく。すると、木々の間隔が徐々に開いてきて甘い香りが鼻をくすぐる。

『あ、本当に蜂蜜の匂いがする！』

『でしょう！』

大きいお姉ちゃんの駆ける速度が速くなる。そして、小さな崖の少し窪んだ場所に——幾分小さいながらも巨大蜂さんの巣があった！

『本当にあった！』

『ね！　言った通りでしょう！』

いや、巨大蜂さんの巣があったことよりも、こんなに遠くにあるものを発見する、お姉ちゃんの鼻とその執念に驚きだよ！

大きいお姉ちゃんの背から下りて、巣に近づき、覗いてみる。お、兵隊蜂さんが10匹ほど出てきた。まあ、彼らはさほど強くはないけど、一応、距離を取る。

そんなことをやっていると、お姉ちゃんがとんでもないことを言ってきた。

『小さい妹、母さんを呼んでくるから、ここで待っていて！』

『え!?　ちょ、わたしをこんなところに1人、置いていくつもり!?』

『だってここ、奥まっていて分かりづらいじゃない。遠吠えをするから、返事をしてね！』

などと言いつつ、大きいお姉ちゃんは家の方を向く。

『ま、待ってよ！　強い魔獣とか来たらどうすればいいの！』

『あなたなら、小回りが利くし、森の奥にでも逃げれば問題ないでしょう？　じゃあ、頼んだわよ！』

『ちょっと⁉』

わたしが呼び止めようとするも、大きいお姉ちゃんはさっさと駆けていってしまう。

こんな小さな女の子を森に放置とか、信じらんない！

はぁ〜！　わたしはその場に腰を下ろし、胡坐《あぐら》をかく。大騒ぎをしていると、かえって魔獣を集めかねないからだ。

まあ、大きいお姉ちゃんが言う通り、これだけ木々が密集している森なら、巨大な魔獣もそんなにいないだろうし、仮にいても、それらを障害物にして上手く逃げれば問題ないかな。巨大蜂さんも、それを見越してこの場所に巣を作ったんだろうし。

視線を向ければ、兵隊蜂さんたちが警戒するようにこちらを見ていた。彼らは非常に警戒心が強く、それでいて慎重だ。多分、ある程度の距離までは警戒するに止め、その範囲を越えてきたら、一斉に攻撃してくるつもりだと思う。

少し辺りの様子を見る。ここに来るまでは枝や葉に覆われ、薄暗いぐらいだったけど、ここは少し明るい。先ほども思ったけど、木と木の間がいくらか開いているからだろう。

あれ？　歯抜けになっている部分には、切り株のようなものがあった。むろん、人間が切り倒したような綺麗なものではなく、強い力でへし折った感じのものだ。

なんだろう？

!? ……冷水のような嫌な予感が、背中を撫でる。わたしはバッと後ろを振り返った。

何があったわけではない。

物音も、気配も、〝なかった〟。

だけど……。

息が――止まる。50メートルぐらい先に、1頭のクマがいた。

ただのクマではない。異世界の……前世を遥かに上回るヤバいクマさんだ。そんなクマさんが、木々の間からこちらを覗いていた。

大型トラックサイズのママより、一回りは大きい体躯をしている。薄暗い森の闇に溶けるような漆黒の毛皮は、頭部だけ鮮血のような赤い模様が浮き出ていた。鋭い目の下に開かれた巨大な口には、凶悪さを示すような尖った牙が覗いていた。

恐ろしい。何が恐ろしいといえば、目に入っていてすら、一瞬、そこにいることに気づかなかったことだ。あれほどの……。あれほどの巨体にもかかわらず、だ。なんという隠密能力だ。

クマさんは一歩、前足を前に踏み出す。

その爪は太く、長い。

肌がぞわりと泡立つ。駄目だ。あれは――駄目だ！

わたしはそっと、中腰に立ち上がる。これでも、フェンリルの娘としてそれなりに戦ってきた。ママがそばにいる状態で、ではあるけど、竜種と戦ったこともある。

だけど、本能が叫ぶ。あれは、駄目だと。

そういえば、ママと一緒の時に、クマさんに会ったことがある。その時のクマさんは、ママを一目見るなり、一目散に逃げていった。

それを見たわたしは『あのクマさんも、弱クマさんみたいに弱いの？』と訊ねた。だけどママは厳しい顔で、『アレを見たら、狡猾で俊敏な羽のない黒竜だと思いなさい』って言ってた。

そして、念を押すように言った。

『わたしの許可なしに、アレと戦っちゃ駄目よ。戦うどころか、近寄っても駄目！』

あのママをしてそこまで言わせる理由が今、よく分かる。

わたしでは絶対に勝てない！

……前世、Ｗｅｂ小説の中に、クマに出会ったら背を向けず、ゆっくり後ずさらないといけないって、書いてあった気がする。今世、あのクマさんにそれが通用するかどうかは、正直、定かではないけど……。

震えそうな足を叱咤《しった》し、後ろに一歩、下がってみる。距離は50メートル――大丈夫、わたしだってフェンリルの娘、脚力にはそれなりに自信がある……。だから大丈夫のはず。

クマさんは目線をこちらに向けたまま、首を傾げた。

――え⁉　眼前に、クマさんの顔があった。

ひや⁉　先ほどまで首があった場所から、空気を押し潰すような轟音が鳴る。

クマさんの前足だ！　躱した。

それは、本能的な何かなのか、腰を抜かしたのか？　分からない。

冷たい汗があとから湧いてくる。

来る！　左前足⁉　振るわれたそれを、モクモク盾で防ぐ！　鈍い音、あ⁉

わたしは地面と水平に、吹き飛ばされる。

くそ！　左肩に鈍い衝撃、木がへし折れ、視界がぐるぐる回る。

必死に手を伸ばし、掴んだ木を引き寄せバランスを取る。

掴んだのはそれなりの大木で、その中間ぐらいにある枝に足をかける。

左肩が痛い。苦痛で顔をしかめながら視線を下ろすと、黒い塊が迫っていた。

ひやぁ⁉　と言いつつ、ママの地獄の鍛錬のたまものか、両手で白いモクモク盾を出した。

それを振り上げ、下から向かってくるクマさんに振り下ろした。

くそっ！　鈍い衝突音と共に、上に吹き飛ばされる。

上から迎え撃って、完全に押し負けるってどういうこと⁉

ただ、先ほどよりは飛ばされない。モクモク盾は、魔力で強度と重量を持たせて初めて機能する。初めに受けた一撃は、焦りすぎて強度にしか対応できなかったのだ。

いや、そんなことを考えている場合じゃない！

飛ばされる勢いを生かしつつ、幹を蹴りつつ、クマさんと距離を取る。

あの巨体だ。どれだけ早くても、木が密集している場所なら動きが阻害《そがい》されるはずだ。

そう、わたしは赤鶏さんになるのだ！

森の陰にわたしは飛び込む。木々を軽く蹴りながら、奥へ奥へと駆ける。

後ろからバキバキ言う音が聞こえるけど、気にしない！

時々、右に左に折れながら走っていく。

いくらなんでもあの体格でこの急転換には、対応できないだろう。

我が兄姉だって、この動きにはついてこられない。わたし、唯一の自慢だ。密かに、ママだって無理なんじゃないかって思っている。

まして、あんな大きいクマさんでは、絶対にできない。軽快に進んでいく。

とはいえ逃げるのはともかく、正直、今、どこにいるのかすら分からないんだよね。いつも住んでいる洞窟ですら、多分あっちの方かなぁ～程度だ。

まして、あの巨大蜂さんの巣の場所なんてもうさっぱり分からない。

大きいお姉ちゃん、怒るかな？　でもまあ、仕方がないよね。

そんなことを考えつつ、木がきしむ音に、何気なく視線を移した。

……え？

草陰の闇から、巨大な目が睨んできた。

「ぐぁぁぁぁ！」

振り下ろされる前足を、慌てて出した盾で防ぐ。抑えきれない！

振り抜かれるその勢いで、上半身が地面に叩きつけられる。体がバウンドするところに、クマさんが突っ込んでくる。ごほっ！　肩からの突撃に、わたしは吹き飛ばされる。

息が詰まる。背中と後頭部に衝撃を受け、その勢いのまま、へし折れた木と共に転がる。

苦しくて、涙が出た。クマさんが突撃してくる。

逃げないと！　近づいてくる寸前で、わたしは横に逃げる。

ひっ⁉

クマさんは木の幹に足を置き、方向転換に対応してくる。

さらに、横に避ける。

嘘でしょう⁉　クマさんの巨体が近くにある木の幹を使い、追尾《ついび》してくる。小さいお兄ちゃこの巨体で行っていた。

んが構想し、できなかった小回りへの対策——それを、この巨体で行っていた。

なんなの、このクマさん！

小さいお兄ちゃんみたいに幹が折れないのは、多分、根元近くに足を置いているからだろう。

くそう！　そうなると、この森自体が不利に働く。しかもあのクマさん、巨躯を木々の隙間に滑り込ませるように進んでいるし。気持ち悪いぐらい早い。

クマさんは体を低くしながら、間合いを詰めてくる。

怖い！

木の上に登ろうとするけど、その隙も与えないように、接近してくる。仕方がなく、地面を小さく蹴り、なんとか躱す。細かく動き、なんとか活路を見出そうとする。

だけど、巨大なクマさんがそれに対応してくる。

止めてよ！　あなた強者でしょう!?　もっと大雑把《おおざっぱ》に生きなさいよ！

息がつけない。転がり、飛びのき、四つん這いになり逃げ回る。

だが、漆黒の巨体が難なくついてくる。

怖い、苦しい。ママに助けを求めたい。

でも、クマさんはそんな間すら与えてくれない。

ママぁ～　助けてぇ～！

怖い、ヤダ、逃げたい。涙が出てきた。

もう、背を向けて逃げたい！


〝駄目だよ！　目を離しちゃ！〟

誰かから、声をかけられた。

ママ？　……違う、これは多分、前世の記憶だ。前世の――魔法少女の声だ。

〝受け流してもいい、躱してもいい、なんなら距離を取ってもいい。だけど、それから目を離しちゃ、駄目！〟

……ああ、そうだよね。〝あなた〟なら、そうだよね。


クマさんが前足を振るってくる。

それをモクモク盾で受け――流し、伸びた前足の膝辺りを思いっきり殴った。

「ぐあ!?」と吠えつつ、跳ね上がった前足を庇《かば》うように、クマさんは距離を取る。

もういい、やけっぱちだ！　逃げられないなら、やっつけるしかない！

わたしだって、わたしだって、フェンリルの娘だ！

魔力を振り絞《しぼ》り、左手にあるモクモク盾と右拳《みぎこぶし》に集めた。

腰を落とし、歯を噛みしめ、こぼれ落ちる涙をそのままに、吠えた！

「うぁをぉぉぉん！」

木々が揺れる。〝威嚇の一吠え〟だ。これは狩りではない。決闘だ！

「ごぉぉぉう！」

呼応するようにクマさんも吠える。

あちらも本気になってきたってことなのか、それとも、単に対抗しただけか……。

どちらでもいい。わたしは左足を一歩、前に出す。

クマさんは首を振り、覗き込むようにこちらを見る。

来た。一瞬で間合いを詰められる。肩からの突撃、左つま先で地面を蹴りながら左盾で受け流す――と同時に、大きなお腹を右手で殴る。

巨大なゴムを殴った感触――クマさんは、跳ね上げるように前足を振るう。

一歩下がり躱す。その先にある木に足を置き、蹴るようにクマさんとの間合いを詰め、クマさんの眉間《みけん》を思いっきり殴る。

岩石を殴る感触――クマさんが腕を振るうので、モクモク盾で受け、その勢いのまま下がる。

二度当てたけど、効いている様子は全くない。でも、嫌なのは嫌らしく、首を何度か振った。

……クマさんは強いけど、攻撃パターンはそれほど多くない。左右の前足と噛みつき、大きい体を生かしたぶちかましだ。その点、わたしはそれなりに色々できる。例えば……。

左足で地面を蹴り、間合いを詰める。

初めてこちらから仕掛けたからか、クマさんは警戒するように体を持ち上げる。

そして、右前足を振ってきた。

わたしは左のモクモク盾で受け流し、右手の〝それ〟をクマさんの顔面に思いっきり投げる。

「がぁぁぁ！」

悲鳴を上げるクマさん、右手のモクモクで作っていた熱湯（砂入り）は流石に効くのか、前足を顔に当て、首を大きく振る。その左膝に左手で出した白いモクモク盾をぶつける。

むろん、ただの盾ではない。盾の中央に三角錐《さんかくすい》のような槍を作り出している。

くっ！　硬い！

思いっきり重量を持たせた一撃にもかかわらず、わずかな刺し傷を残すだけだった。

振られる右前足をモクモク盾で受け流す。三角錐は叩き消されたけど、魔力でできたもの
――問題ない。しかし、なんというか……。クマさんの皮、硬すぎない⁉

全身甲冑《かっちゅう》を相手にしてるみたいだ。しかも、その甲冑、重さがないときてる。

チートにもほどがある！

だけど、やっぱり……。

クマさんが怒りの形相でこちらを見下ろしてくる。その両目は砂のためか、熱湯のためか、赤くなっている。狙うなら、あそこしかない……かな？　いや、やるしかない！

クマさんがすーっと顔を下げる──同時に、吠えながら一駆けで間合いを詰めてきた。

わたしも左足を一歩前へ、クマさんの右前足の振り下ろしを右に受け流し、その膝を殴る。

クマさんは体を振るように左前足で横薙《な》ぎ、右手で出した盾で受け、なんとか流し、左足で地面を蹴り、クマさんの左後ろ足の指を、かかとで思いっきり踏む。

もちろん、魔力での重量増強状態でだ。流石に痛いか、吠えるクマさんは踏んでいるわたしの足を払いのけるように左後ろ足を動かす。わたしがさっと足を上げると、クマさんは勢い余ってバランスを崩し、前足を地面についた。

今！　下りてきたクマさんの顔に向けて、右手を突き出した。

低くなったとはいえ、10歳児《わたし》の拳が届く距離ではない。

だけど、わたしにはこれがある！

右手から伸びた白いモクモクは一振りの刀になり、クマさんの左目に突き刺さった。

やった！　という一瞬の思考、その隙を突くようにクマさんの右前足がわたしの体を直撃した。

ごっ！　体が跳ね上がり──気づいたら周りの木を見下ろしていた。

背筋に冷たいものが走る。大口を開けたクマさんが飛んできた。

空中で必死に避けようとして、左足に激痛が走る。体が振られ、地面に叩き落とされる。

「っ！」

声にならないものが口から出て、鈍い音と共に、体が一度、大きくバウンドした。

もう、どこが痛いのか分からないぐらい、全身が痛い。

頭がクラクラして、視界がぐにゃぐにゃ揺れる。

少し先に巨大なものがドンと降り、地面が微かに揺れる。

「ごぉぉぉぉぉ！」

咆哮《ほうこう》が木々をへし折り、砂どころか土や草も舞う。

恐怖で全身が粟立ち、体中が冷えていくのを感じる。

ついに、クマさんも本気になったんだろう。怒り狂うように地面を踏みしめている。

その左目は赤い涙のように流血していた。

左目は……潰した。だけど、わたし、もう、動けない。

左足に恐る恐る手を伸ばす。噛みつかれた――でもちぎれては、いなかった。

少なくとも、肉は噛みちぎられてると思ったけど、ママの毛でできたズボンはクマさんの顎をしても引きちぎることができなかったらしい。

でも、少なくとも骨は砕けているだろう。痛すぎて、動けない。

……いや、あのね？

わたし、善戦《ぜんせん》した方だと思うよ？　でも、流石にね、相手が悪すぎたよ。

クマさんがズシズシ近づいてくる。激高しているはずなのに、窺うようにこちらを見る。

なんてクマさんだ。

いや、ね。こりゃ、どうしようもないよね。

〝わたし、負けたくないことがあるの〟

また、魔法少女の声が聞こえる。

分かるけど。

〝絶対に負けたくないことがあるの〟

それも、分かるけど。

でも、わたしは……。〝あなた〟じゃない……。


絶望的な戦い――仲間たちが皆、傷つき、倒れ伏している……。

そんな中、その少女は立っていた。額からは血が流れ、その装いは汚れている。

だけど、その澄んだ瞳は強く、最強の敵を見つめていた。

そんな〝画面〟に手が置かれた。
だって、それは何よりも美しく見えたから。何よりも、強く見えたから。
どんなものよりもかけがえのないものに見えたから。
だから、必死になって、それを見つめていた。
だけど、それも消える。
真っ暗になった画面——そこに映るのは……。

何かがバチバチと弾けている。
なんだろう？　分からない。だけど、そんなことを気にしている場合じゃない。
生きたい！
ここにはね、欲しくて欲しくて欲しくて……。ずっと欲しかったものが、あるんだよ？
わたし、生きたい。生きたいの。
右足だけで、なんとか立ち上がった。
左手が——いつの間にか折れているみたいで動かない。
まともに使えるのは多分、右手と右足ぐらいだ。
でも、十分だ。歯を食いしばり、握り込んでいた右手を少し緩め、再度握り直す。

バチバチがさらに大きくなる。
うるさいけど、もう、気にしない。ギロリとクマさんを睨んだ。
絶対負けてたまるかと、強く睨んだ。
クマさんは――。何故かたじろいだ気がした。
気のせいかな？　でも、どうでもいい。右足に力を込める。
もう一撃ぐらいしかできない。これだけしか――ない。
クマさんが、首を横に振る。先ほどから攻撃前には首を振っていた。
来る！　――と思ったら、クマさんは振り返り、駆けていく。
え？　……逃げた？　ま、まさかわたしに怯えた？
なんて、少々混乱していると、左前に、白い何かが静かに降りた。
目だけでそちらを向くと、ママだった。
心配そうにしているママが、ゆっくりと近づいてくる。
ハハハ……。ちょっと笑ってしまった。
クマさんはママに怯えただけか。
そりゃそうだよね。クマさんが、わたしなんか怖がるわけ、ないよね。
これは……なんとも……。恥ずかし――。

視界が闇色に侵されていった。


『ごめんね！　小さい妹、ごめんね！　わたしが置いていったばかりに！』

泣き続ける大きいお姉ちゃんに、わたしは『大丈夫だよ、怪我もママに治してもらったし』とママの背中の上から声をかける。

ママに治癒魔法をかけてもらったあと、背負われて帰っている。ママは念のために、ゆっくり進んでいるので、帰り着くのにもう少し時間がかかりそうだ。

でも問題ない。

ママのモフモフ背中の上はとても温かくて気持ちがいいので、問題ない。

まあ、あえて言うなら、ママのあとから到着した大きいお姉ちゃんが、わたしの有り様を見て、凄く狼狽《ろうばい》したことか。

とはいえ、クマさんは完全に気配を隠していたから、仕方がないと思う。ママにもこの場所を隠しきっていたとのことだしね。

大きいお姉ちゃんがショックを受けたクマさんとの戦いだったけど、ママはわたしの話を静かに聞いていた。そして、全てを話しきると、

『よく頑張ったわね。誇らしいわ』

とわたしの顔を舐めてくれた。そんな風にされると、涙がポロポロ出てきて、ママの顔に抱きつきながらワンワン泣いちゃった。

生きていてよかった！　誇らしいと言ってもらえてよかった！

そんな風に思ったんだけど……。

『クマさん《あれ》をあそこまで傷つけたのは立派よ。やっぱり、あなたはやればできる子だわ』

なんて言われると、ちょっと困る。

ママの過大評価がさらに大きくなるのは本当に困る。

今だって、『まあ、あそこまで傷を与えたんなら、むしろ、倒してしまっても問題なかったのよ』なんて、前世の何かのキャラみたいなことを言ってるし。

『もう、ママ！　無茶を言わないでよ！』

わたしがママの背中の毛に顔を埋めながら叫ぶと、ママは楽しそうに笑った。

そして、こんなことを言う。

『あ、そうそう。傷が治ったらでいいから、昨日と今日の分の料理、ちゃんと作ってね』

あ、覚えていたんだ。でもさぁ～

『今、言うことなの、それ！』

と苦情を言っても、ママはあっさりとした口調で言う。

『言える時に言っとかないと、あなた、忘れるでしょう？』

『はぁ～』

とため息をつく。すると、大きいお姉ちゃんもこんなことを言い出す。

『あ、あそこの巨大蜂の蜜、どれだけ貰っていいの？』

えぇ～　立ち直るの早すぎない？

『明日、改めて様子を見てから決めるわ。花を咲かせる木を何本か育ててあげたら、いくらかくれるでしょう。匂いからして、なかなか美味しそうだったわね』

などと、ママも言っている。

えぇ～！　もうちょっと、大変だった娘や妹を労《いたわ》ろうよ！

でもまあ、なんというか……。

こんな家族が、わたしは好きだ。

あとがき

書籍からお読みくださっている皆様は初めまして、Ｗｅｂ版からの方々はいつもありがとうございます。著者の人紀《ひとのり》です。

この度は拙作『ママ（フェンリル）の期待は重すぎる！』をお手に取って頂き、誠にありがとうございます。

今作は、わたしにとって初の出版作品となります。これからも面白い物語を作っていきたいと思いますので、よろしくお願いします。

さて、本作は小さい娘（サリー）とママ（フェンリル）の二つの視点で描かれています。

小さい娘（サリー）の視点では転生して初めて得た大好きな家族から突然、離れて暮らす事になった少女のお話になっています。

生まれ育った場所から、未知の場所に飛ばされました。不安はあるもの、ある意味、自由を手に入れた事となります。この甘えん坊で、お人好しの女の子が、これから、どのような道をたどるのか、楽しんで頂ければと思います。

もう一つの視点では、送り出したママ（フェンリル）のお話になります。

一人で生きていけるだけの力は付けたと判断し、それでも安全な場所に転送したにもかかわらず……。右往左往したあげく、無自覚に危険なものを寄せ集める娘を、頭を抱えつつも見守る事しか出来ない母親の絵となっています。（笑）

子供は自分の思い通りには育たないと良く言われます。

その事を、この異世界《せかい》でもっとも強く噛みしめている親が、ママ（フェンリル）なのかもしれません。（笑）

また、書き下ろしは、Ｗｅｂ版でご要望が多かった、フェンリル一家のお話となります。

ママだけでなく、フェンリル兄姉との賑やかな暮らしを楽しんで頂ければ幸いです。

そして、後半にあるちょっとした（？）バトルでは、小さい娘（サリー）の強さ、その一端を感じて頂ければと思います。

最後に謝辞を述べさせて頂きます。

機会を下さったツギクルブックス様、お声をかけて頂いた久保田様、色々とお手数をおかけしました担当の中島様、素敵なイラストを描いてくださったπ猫R様、ありがとうございます！

また、この本をお読み頂いている皆様、そして、Ｗｅｂ版にて多くのご声援を下さった方々、とても感謝しています！

では、次は書籍かＷｅｂ投稿サイトか分かりませんが、またいつか、どこかでお目にかかれれば幸いです。

次世代型コンテンツポータルサイト

ツギクル https://www.tugikuru.jp/

「ツギクル」はWeb発クリエイターの活躍が珍しくなくなった流れを背景に、作家などを目指すクリエイターに最新のIT技術による環境を提供し、Web上での創作活動を支援するサービスです。

作品を投稿あるいは登録することで、アクセス数などの人気指標がランキングで表示されるほか、作品の構成要素、特徴、類似作品情報、文章の読みやすさなど、AIを活用した作品分析を行うことができます。

今後も登録作品からの書籍化を行っていく予定です。

ツギクルAI分析結果

「ママ（フェンリル）の期待は重すぎる！」のジャンル構成は、ファンタジーに続いて、恋愛、SF、歴史・時代、ミステリー、ホラー、青春、現代文学の順番に要素が多い結果となりました。

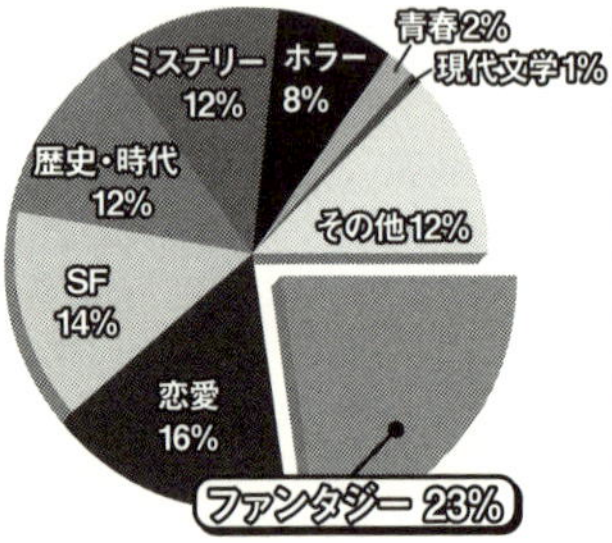

期間限定SS配信

「ママ（フェンリル）の期待は重すぎる！」

右記のQRコードを読み込むと、「ママ（フェンリル）の期待は重すぎる！」のスペシャルストーリーを楽しむことができます。ぜひアクセスしてください。
キャンペーン期間は2025年5月10日までとなっております。

ユーリ～魔法に夢見る
小さな錬金術師の物語～
著：佐伯凪　イラスト：柴崎ありすけ
ユーリの可愛らしさにほっこり　努力と頑張りにほろり！
小さな錬金術師が
異世界の常識を
ぶっ壊す!?
コミカライズ
企画
進行中！

ツギクルブックス

愛読者アンケートに回答してカバーイラストをダウンロード！


愛読者アンケートや本書に関するご意見、人紀先生、π猫R先生へのファンレターは、下記のURLまたは右のQRコードよりアクセスしてください。

アンケートにご回答いただくとカバーイラストの画像データがダウンロードできますので、壁紙などでご使用ください。

https://books.tugikuru.jp/q/202411/mamafenrir.html

本書は、「小説家になろう」（https://syosetu.com/）に掲載された作品を加筆・改稿のうえ書籍化したものです。

ママ(フェンリル)の期待《きたい》は重《おも》すぎる！

2024年11月25日　初版第1刷発行

著者　人紀《ひとのり》

発行人　宇草 亮
発行所　ツギクル株式会社
〒105-0001　東京都港区虎ノ門2-2-1
発売元　SBクリエイティブ株式会社
〒105-0001　東京都港区虎ノ門2-2-1

イラスト　π猫R
装丁　株式会社エストール

印刷・製本　中央精版印刷株式会社

ISBN978-4-8156-3034-8
Printed in Japan